JENNY ERPENBECK, geboren 1967 in Berlin, debütierte 1999 mit der Novelle *Geschichte vom alten Kind*. Es folgten zahlreiche Veröffentlichungen, darunter Romane, Erzählungen und Theaterstücke. Ihr Roman *Aller Tage Abend* wurde von Lesern und Kritikern gleichermaßen gefeiert und vielfach ausgezeichnet, u. a. mit dem Joseph-Breitbach-Preis und dem Independent Foreign Fiction Prize. Für *Gehen, ging, gegangen* erhielt sie den Thomas-Mann-Preis. 2017 gewann Jenny Erpenbeck den Premio Strega Europeo und wurde mit dem Verdienstkreuz am Bande der Bundesrepublik Deutschland ausgezeichnet.

Wörterbuch in der Presse:

»Ein leises Abgrundbuch, ein poetisches Wörterbuch des Schreckens.«

Frankfurter Allgemeine Sonntagszeitung

»Erpenbeck übersetzt in *Wörterbuch* die ganze Intensität und Entdeckungslust von Kindern in die Intensität der Sprache.«

Hessischer Rundfunk

»*Wörterbuch* ist ein sprachgewaltiger, beklemmender Text, dessen Untiefen erst mit der Zeit, dann aber umso deutlicher hervortreten.«

taz

Außerdem von Jenny Erpenbeck lieferbar:

Geschichte vom alten Kind
Tand
Heimsuchung
Dinge, die verschwinden
Aller Tage Abend
Gehen, ging, gegangen

Besuchen Sie uns auf www.penguin-verlag.de
und Facebook.

Jenny Erpenbeck

Wörterbuch

PENGUIN VERLAG

FSC
www.fsc.org
MIX
Papier aus verantwortungsvollen Quellen
FSC® C014496

Verlagsgruppe Random House FSC® N001967

PENGUIN VERLAG

1. Auflage 2018

Umschlag: www.buerosued.de
Umschlagmotiv: © Christina Hucke
Satz: Uhl + Massopust, Aalen
Druck und Bindung: GGP Media GmbH, Pößneck
Printed in Germany
ISBN 978-3-328-10390-5
www.penguin-verlag.de

Dieses Buch ist auch als E-Book erhältlich.

Von Herzen für meinen Vater.

»Meist sind nur ein paar Knochen übrig.«

(SCHIMMECK)

»Hier ist eine Generation verschwunden.«

(FONDERBRIDER)

… bên zi bêna, bluot zi bluoda
lid zi geliden, sôse gelîmida sîn!
(… Bein zu Beine, Blut zu Blute,
Glied zu Gliedern, so seien sie fest
aneinandergefügt.)

(2. MERSEBURGER ZAUBERSPRUCH)

Wozu sind denn meine Augen da, wenn sie sehen, aber nichts sehen? Wozu meine Ohren, wenn sie hören, aber nichts hören? Wozu all das Fremde in meinem Kopf?

Das, Gehirnwindung für Gehirnwindung, zunichte denken, bis vielleicht ganz am Grund ein Löffelchen voll von mir durchscheint. Die Erinnerung hernehmen wie ein Messer und es gegen sie selbst richten, die Erinnerung abstechen mit der Erinnerung. Wenn das geht.

Vater und Mutter. Ball. Auto. Das vielleicht die einzigen Wörter, die heil waren, als ich sie lernte. Und auch die dann verkehrt, aus mir gerissen und andersherum wieder eingesetzt, das Gegenteil von Ball wieder Ball, von Vater und Mutter Vater und Mutter. Was ist ein Auto? Alle anderen Worte von vornherein mit der Hälfte Schweigen als Bleigewicht an den Füßen, so wie der Mond seine dunkle Seite mit sich herumschleppt, sogar wenn er voll ist. Aber der kreist immerhin. Für mich standen die Worte fest, aber jetzt laß ich sie los, und wenn es nicht anders geht, schneide ich den einen oder anderen Fuß lieber mit ab. Ball. Ball.

Guten Abend, gut Nacht. Meine Mutter bringt mich zu Bett. Während sie singt, streicht sie mir mit einer Hand über den Kopf. Weiße, trockene Hand, die einem Kind über den Kopf streicht. Mit Rosen bedacht. Wasserfarbene Augen, deren Blick sich auf mich richtet, während mir die Augen schon zufallen. Mit Näglein besteckt. Nelken sind das, würde sie sagen, wenn sie sehen würde, daß ich bei dieser Zeile wieder anfange zu weinen. Nelken, nicht weinen. Aber zum Weinen ist es heute zu spät, unumkehrbar bin ich unterwegs in den Schlaf, Nelken sind es nicht, sondern spitze Näglein, mit denen mich jemand, den ich nicht kenne, am Bett festnageln wird, während ich schlafe. Schlupf unter die Deck, singt sie. Sie zieht mir die Decke bis zum Kinn hinauf und löscht das Licht. Lauter kleine blutige Einstiche von den Nägeln. Morgen früh, wenn Gott will, wirst du wieder geweckt. Und wenn nicht, bleibe ich für immer ans Bett geheftet. Morgen früh, wenn Gott will, wirst du wieder geweckt. Und die Blutstropfen versteinern. Mutter.

Ein Ball ist ein Ding, das rollt, manchmal springt. Ein Vater ist ein Mann, der lange Zeit größer ist als man selbst. Bevor mein Vater zur Beichte geht, rasiert er sich und zieht ein frisches Hemd an. Wer mit einem Kopf Ball spielen wollte, den würde nur die Nase stören. Bevor mein Vater zur Beichte geht, nimmt er mich zu sich auf die Knie und läßt mich reiten. In diese Landschaft sind schon viele Kinder hineingeritten, viel Rabenfutter, viele weißhäutige kreischende Reiter, die, eh sie in Galopp verfallen, immer schon abstürzen in den Sumpf. Das Hemd meines Vaters riecht frisch und ist rauh, wenn ich meinen Kopf darin vergrabe, nachdem ich mich mit einem Schwung, der mich jedesmal schwindeln macht, emporgerafft habe aus dem Sumpf. Vater.

Haus. Unser Haus die Mitte des Gartens. Rosafarbene Wände, das Rosa von der Sonne gebleicht und schon brüchig. Mit dem Fingernagel fahre ich unter den Putz und breche ihn ab. Darunter kommt Ocker zum Vorschein. Wenn ich mit einem Stein gegen diese tiefergelegene Farbe klopfe, tut sich in den abgeschlagenen Inseln eine weitere Haut auf, die ist grau. Tiefer komme ich nicht, das Grau hält sich an den Wänden des Hauses ganz fest, womöglich ist dieses Grau das Haus selbst. Meine Mutter sagt: Laß das. Ich weiß schon, ich kann auch durch die Tür ins Haus gehen.

Aus der Sonne in den Schatten. Auf bloßen Sohlen vom Staub auf den kühlen Stein. Barfüßig. Hierzulande scheint beinahe immer die Sonne, sie scheint und scheint und scheint, und der Himmel rings um die Sonne ist beinahe immer ganz und gar leer. Was eigentlich frißt die Sonne?, frage ich meinen Vater. Wasser, gibt er mir zur Antwort. Und wo ist ihr Bett? Die Sonne schläft nicht, antwortet er. Wenn bei uns Nacht ist, sagt er, scheint sie auf der anderen Seite der Welt. Schönes Wetter heute. Heute und alle Tage.

Warum hattest du keine Milch für mich, frage ich meine Mutter. Manche Frauen haben viel Milch, andere nun einmal keine, antwortet meine Mutter. An die Brüste der Amme kann ich mich gut entsinnen. Ich habe lange aus ihnen getrunken. Länger als jedes andere Kind, das ich kenne, sagt meine Mutter. Noch in der ersten Schulklasse setzte ich mich, wenn ich nach Hause kam, zuerst auf den Schoß der Amme und trank. Wäßrig und süß war ihre Milch, ihre Brüste rosig und voll, feste Inseln am Körper einer alternden Frau. Meine Amme, die meine ganze Kindheit, auch als ich nicht mehr aus ihr trank, wie einen Apfel im Schoß hielt, sah aus wie eine Fee, mit grünen, schrägstehenden Augen, wie eine aus dem Märchen vertriebene Fee, schattig geworden durch die am Ansatz eingedunkelten Haare, die später grau wurden, und durch ihre Kleidung in den Farben des Herbstes, braun, schwarz und oliv, selbst im heißesten Sommer. Ich ergänzte das, was ich sah, durch den unsichtbaren spitzen kegelförmigen Hut, hellblau mit Schleier. Normal ist das nicht, hatte meine Mutter einmal gesagt, als sie mir beim Trinken aus den Feenbrüsten zusah, und hatte versucht, die Amme zu entlassen. Da blieb ich drei Tage lang stumm, und am vierten Tag war die Amme wieder im Haus. Milch. Trinken.

Niemals habe ich den Garten der Amme gesehen. Ich weiß nicht, ob der Schuhkarton mit den Händen ins Gras gefallen ist, oder zwischen Blumen. Das macht nichts, sagt die Amme zu mir, als mir mein Eis aus der Hand fällt, und kauft mir ein neues. Da, wo mein heruntergefallenes Eis in der Sonne zerschmilzt, bleibt ein heller Fleck auf der Straße zurück. Marie, die Tochter der Amme, hat viel längere Finger als ich, darum fällt ihr das Eis auch nie aus der Hand. Und ihre Hände sind immer sauber, unabhängig davon, wie dreckig das ist, was sie anfaßt. Meine Hände sind immer genauso klebrig und staubig wie das, was wir spielen und essen, wie die Straßen der Stadt, auf die wir fallen, wenn wir rennen oder uns schubsen und stoßen. Als ob ihre Haut anders wäre, obgleich sie sich, wenn ich Marie, die so etwas wie meine Milchschwester ist, bei der Hand nehme, so anfühlt wie meine. Als ob sie in Wahrheit aus Wachs wäre oder aus Stein, so daß der Dreck an ihr abgleiten muß. Vater unser, der du bist im Himmel. Abends, wenn ich allein im Bett liege, krieche ich unter die Decke und falte die Hände, mit dem Radiergummi habe ich die Haut vorher sauberradiert, damit sie so aussehen wie die Hände von Marie, durch das Beten ziehe ich jetzt den ganzen Himmel samt Vater zu mir ins Dunkel. Sag guten Tag, gib die Hand, gib die Hand.

Diejenigen welche, dann deren Freunde, dann die, die sich an sie erinnern, später alle, die Angst haben, und zum Schluß alle. Das sagt mein Vater hinter einer geschlossenen Tür in unserem Haus, die Tür ist zu dieser Zeit noch riesig für mich, ich stelle mir vor, was passieren würde, wenn sie auf mich fiele, während ich an ihr lausche, ob ich dann flach würde, durch die Tür hindurch riecht es bis in den Flur nach Tabak, alle, und ob das Lärm machen würde, wenn sie auf mich niederstürzte, oder ob so eine Tür leise auf einen Körper fällt, der aus Fleisch ist. Als ich am nächsten Tag auf den steinernen Teppichmustern der Stadt an der Hand meiner Mutter von Insel zu Insel springe, zähle ich stumm: Diejenigen welche. Dann deren Freunde. Die sich erinnern. Die Angst haben. Und zum Schluß alle. Entweder immer auf Schwarz oder immer auf Weiß oder immer auf Grau, an der Hand meiner Mutter. Wie ein Abzählreim ist dieser Satz, und wie ein Abzählreim kann er nicht aufhören, bevor er am Ende ist – mittendrin kann ich nicht aufhören zu hüpfen, mittendrin kann ich nicht auf einem Bein stehenbleiben, irgendwo in der Stadt, auf Schwarz oder Weiß oder Grau. Ich habe Angst um meinen Vater. Alle. Alle alle.

Hier ist ein Vogel gegangen, sagt mein Vater, er hat sich zu mir gehockt und zeigt auf ein paar sternförmige Kratzer in der dunklen Erde am Rand unseres Gartens, im Schatten unter den Bäumen, da, wo kein Gras wächst. Kommt ein Vöglein geflogen, setzt sich nieder auf mein' Fuß, trägt ein Brieflein im Schnabel. Was ist eine Spur, frage ich meinen Vater. Etwas, das kein Zufall sein kann, antwortet mein Vater. Aber dann muß man ja, sage ich, bevor man weiß, was kein Zufall sein kann, alles andere wissen. Wahrscheinlich, sagt mein Vater. Und was ist dann mit der doppelten Zeit, frage ich, die so eine Spur hat. Was für eine doppelte Zeit, sagt mein Vater. Die Zeit, sage ich, in der der Vogel gegangen ist, und die zweite Zeit, in der wir davon erfahren, dazwischen ist doch die Spur so eine Art Brücke. Vielleicht, sagt mein Vater. Aber wenn man endlich so alt ist, daß man den Zufall von allem anderen unterscheiden kann, ist man wieder zu schwer, um über die Brücke zu gehen. Nein, sagt mein Vater, das ist Unsinn, und macht mit einem Stöckchen neben die sternförmigen Kratzer sternförmige Kratzer.

Mein Vater arbeitet Tag für Tag in einem Palast, der von außen vollkommen weiß ist. Mein Vater sorgt in diesem Palast für die Ordnung. Tatü. Wände weiß, Säulen weiß, Freitreppe weiß, die Sonne blendet vom Haus her, als sei das Haus selber die Sonne, nur die Bäume zur Rechten und Linken des Hauses sind dunkel, und niemals bewegt ein Wind ihre Blätter. Tatü. Ich frage mich, ob die Fenster nur aufgemalt sind, weil der Palast immer so still dasteht, drinnen herrscht Ordnung, sagt meine Mutter, mein Vater sorgt für die Ordnung, und weil ich hinter den Fenstern nie jemanden sehe. Ob das Haus in Wahrheit vermauert ist, und ebendeshalb außen so strahlt, weil das Sonnenlicht nicht hineinfallen und drinnen verlorengehen kann. Tatü. So wie meine Mutter für mich sorgt. Kämmt man die Ordnung, gibt man der Ordnung zu essen oder zu trinken. In einem Haus, in das kein Licht dringt, in dem man sich an den Wänden festhalten und herumtappen muß, weil die Fenster mit Ziegeln verstopft sind. Tata. Kämmt man, wenn man die Ordnung im Dunkel nicht finden kann, aus Versehen die Luft, verschüttet man Essen und Trinken, und herrscht sie trotzdem, die Ordnung, dann eben, ohne gekämmt zu sein, schmutzig, gefräßig, verkommen. Tatü. Tata. Mein Vater kommt aus dem Haus, bin ich froh, er hält sich die Hand vor die Augen, weil ihn im ersten Moment die Sonne so blendet, dann sieht er uns, meine Mutter und mich, am Fuße der Treppe stehen, es ist Freitag, halb drei, wir holen ihn von der Arbeit ab wie jeden Freitag, er läuft schnell die Treppe hinunter und küßt mich mit seinen Lippen, die so weich sind wie die einer Frau. Mein Vater trägt nie eine Uniform, und die Wagen, die vor dem Haus stehen, sind grau-weiß, ohne Blaulicht. Wohin sind die Sirenen geflohen. Sie haben sich in Vögel verwandelt, sagt meine Amme. Sonnig und still ist es da, wo in unserer Stadt die Polizei wohnt.

Ein Wunder, sagt meine Mutter und zeigt auf zwei aufgebauschte schwarzgekleidete Engel, die Hand in Hand, fern von uns, hoch über dem Meer vom Himmel stürzen, der Himmel ist blau, ganz blau, so blau wie das Wasser, in dem er sich spiegelt, von Blau zu Blau stürzen die Engel, vom Himmel aufs Wasser zu, schwarz vor blau stürzen sie, mit weitgeöffneten Armen, und halten sich an den Händen, meine Mutter und ich stehen unten am Hafen und sehen das Wunder, und viele andere neben uns stehen auch da und zeigen auch auf die Engel und bekreuzigen sich. Rot, Grün und Gelb. Wir auf der Erde. Orange. Der Wind fährt den Engeln unter die Kleider, weiß, weiß der Wind, nur die Kleider der Engel sind schwarz, warum eigentlich, frage ich meine Mutter. Schwarz. Schwarz ist keine Farbe.

Oder kommt das Schwarz dadurch zustande, daß man alle Farben in einen Topf wirft. Ich sitze im Wohnzimmer auf dem Teppich und schneide aus Zeitschriften Tiere aus, die mir gefallen, die Mutter nebenan in der Küche brät, wäscht Salat, rührt und schneidet, der Vater hockt bei mir auf dem Teppich, hält das Papier straff und sagt beispielsweise: Vorsicht, die Ohren. Es ist immer schon Abend, wenn der Vater bei mir auf dem Teppich sitzt, manchmal Nacht. Sein Kopf, zu dem ich aufschauen muß, sogar wenn er sich zu mir hinhockt, so groß ist mein Vater, erscheint mir Abend für Abend vor der schwarzen Fläche des unverhangenen Fensters, das hinter ihm ist. Glattes glänzendes Schwarz, ohne Mondschein, und davor dieser Kopf meines Vaters, der sich hell davon abhebt: Blond, hellbraune Augen, und Zähne wie Perlen, wenn er seinen Mund aufmacht und sagt, was auf den Bildern zu sehen ist. Stimmt es, daß ein Geier ein ganzes lebendiges Lamm mit hinaufnehmen kann in den Himmel, und es dann irgendwann fallen läßt, um es zu fressen? Aber nein, sagt mein Vater, ein Geier frißt nur, was schon tot ist. Er streicht mir über den Kopf, während ich das Lämmchen ausschneide. Das Essen ist fertig, ruft meine Mutter, wir stehen auf, und auf einmal spiegelt sich das ganze Zimmer in demselben Fenster, und das Schwarz ist verschwunden. Aber hinter dem Spiegelbild ist es noch da, dieses undurchdringliche Schwarz, das weiß ich, weil der Garten, der hinter dem Fenster liegt, bei Nacht niemals zu sehen ist. Das Fenster hält ihn gefangen, den Garten, es gibt ihn nicht heraus, hat ihm ein schwarzes Tuch übergeworfen und versucht jetzt, uns mit dem bunten Spiegelbild unseres Zimmers zu täuschen.

Am Morgen ist der Garten wieder zu sehen, wahrscheinlich könnte ich ihn auch wieder betreten, aber ich muß zur Schule, Bäume und Blumen sind wieder in Freiheit gesetzt, das schwarze Tuch hat wer abgezogen, zusammengefaltet und sonstwo versteckt, aber nur vorläufig, bis zum Einbruch der nächsten Nacht, soviel ist sicher. Morgen für Morgen Rock, Strümpfe und Schuhe in Blau, und das Hemd, kurz- oder langärmlig, weiß. So wie die andern. Jahrelang Morgen für Morgen die blaue Kappe auf meinen Kopf, ein gefaltetes Schiffchen aus Filz, verkehrt herum, wie gekentert, auf dem Haar festzustecken mit einer Klemme, ein goldenes Abzeichen an der Seite. Im Gras glitzert der Tau, kühl und feucht würden meine Füße jetzt werden, wenn ich barfuß hinausginge, aber ich schlüpfe statt dessen in meine Schuhe und lege das Tuch, blau wie die Kappe, um meinen Hals, ich binde den Knoten, einen Knoten, der den Knoten selbst unsichtbar macht, den hat mir vor Jahren, noch bevor ich zur Schule gekommen bin, mein Vater gezeigt. Blau, ganz und gar blau war der Himmel. Jetzt sehe ich überall dort, wo mein Körper von Stoff bedeckt ist, so aus wie die andern.

Ich bitte um den Einmarsch der Fahnendelegation. Eine, die vorn steht, sagt diesen Satz, und ordnet damit unsere Blicke. Wir alle müssen jetzt die drei Schüler ansehen, die uns die Fahne bringen, der vorderste trägt sie, er hält die Stange, an der sie befestigt ist, und die nachfolgenden zwei sind die Schleppe der Delegation, die Fahne selbst hat keine Schleppe, sie hängt, weil kein Wind weht. All unsere Blicke auf diese drei mit der Fahne, wir stehen im Karree auf dem Schulhof, nur eine Seite ist frei geblieben, das ist die vor dem Eingang zur Schule, hin zur Mitte dieser frei gebliebenen Seite ist die Fahnendelegation unterwegs, an den andren drei Seiten stehen wir, die Kleinen vorn und die Größeren in den hinteren Reihen, alle Zehen jeweils in einer Linie, und die rechte Hand grüßend ans Käppchen, von diesem Moment an darf ich nicht mehr umherschauen über das blauweiße Wasser, aus dem die anderen Kindsköpfe wie hautfarbene Bojen auftauchen, unmaskiert einander nicht anzugleichen, ebenso wie das kleine Stück nacktes Knie zwischen Strümpfen und Rock, das krumm ist, fett oder spitz, aufgeschlagen oder mit Grübchen, jedenfalls braungebrannt in diesem Land des ewigen Sommers. Ich blicke auf die Fahne, und frage mich, ob diejenigen Lehrer, die vorgeschrieben haben, wohin wir schauen, unsere Blicke quergelegt in der Luft sehen können, auf die drei mit der Fahne gerichtet wie lauter Lanzen.

Eins. Zwei. Und drei. In den ersten drei Jahren der Schulzeit dürfen wir, wenn wir nicht schreiben, die Unterarme nur ineinander verschlungen auf der Schulbank ablegen. Erst, wenn wir groß sind, so sagen die Lehrer, darf ein Unterarm glatt und gerade auf dem anderen liegen. Gebetet wird mit aneinandergelegten Händen, nicht die Finger verschränken. Zur Pause geht einer nach dem anderen zur Tür des Klassenzimmers hinaus, in einer Reihe, hübsch langsam, sagen die Lehrer. Eins. Zwei. Und drei. Alle schnellen Bewegungen, alles Plötzliche und alles, was schief ist, das Rennen, Schlenkern, Schieben, Lehnen und Fallen, Herumwirbeln und Springen wird von uns abgeschnitten, irgendwohin gebracht, wo es für uns nicht mehr erreichbar ist, und dort verschrottet. Wie Fahrräder, wenn sie ausrangiert sind, verkeilt sich das dort ineinander, macht einen unentwirrbaren Haufen, verhakt sich, und verrottet schließlich gemeinsam, als wäre es immer schon eins gewesen. Eins.

In den Pausen hocken wir uns unter den großen Baum in den Schatten, nicht schreien, nicht streiten, wir sammeln die Feuerkäfer, die am Fuße des Baumes wohnen, in unsere Hände, oder Sandkörner und Kiesel, und wenn ein Flugzeug über uns wegfliegt, flüstert einer von uns lauter als der andre: Da sind meine Eltern drin, die fliegen jetzt nach Alaska, da fliegt meine Mutter, die ist auf der Reise nach Rom, da oben im Flugzeug sitzt heute mein Vater, der fliegt ganz ganz weit weg, wohin denn, ganz weit, na, wenn du das nicht mal weißt, dann stimmt das auch nicht, doch, mein Vater, der fliegt sogar übers Meer, na, und, wohin denn. Ganz weit. Blödsinn. Nicht schreien. Wir gewinnen, flüstert meine Freundin Anna uns zu, wir gewinnen, das sagt sie immer, wenn draußen ein Reifen platzt, das hört sich an wie ein Schuß, manchmal gibt es viele Schüsse hintereinander. Wir gewinnen, flüstert sie, und da werden wir alle ganz still und warten, ob wir wirklich gewinnen.

Diesmal haben wir nicht gewonnen, sagt meine Freundin Anna einen Tag später. Meine Mutter, sagt sie, ist über den Zaun gestiegen, um den Pferden etwas zu fressen zu geben. Und das eine Pferd war noch nicht wirklich gezähmt, das ist ausgewichen und wollte nichts von meiner Mutter zu fressen haben. Und als sie näher gekommen ist, hat es sich aufgebäumt. Und dann, frage ich. Dann ist es mit den Hufen wieder runtergekommen und hat meine Mutter beinahe am Kopf getroffen, da wollte sie weglaufen. Aber sie hat es nicht so schnell über den Zaun geschafft, und da ist das Pferd, weil es gemerkt hat, daß sie sich vor ihm fürchtet, auf sie losgegangen. Und wenn sie keine Angst gehabt hätte? Dann wäre das Pferd ruhig geblieben. Aber es hat gemerkt, daß sie Angst hat. Und da ist es auf sie losgegangen und hat sie getreten und sich mit seinem ganzen Gewicht auf sie geworfen. Aber Pferde treten doch niemals auf Menschen, sage ich. Wenn sie gezähmt sind, sagt Anna, aber dieses Pferd war im Grunde genommen noch wild. Ach so, sage ich. Und dann haben die anderen Pferde sich auch mitreißen lassen, sagt Anna. Die haben sich daran erinnert, daß sie auch einmal wild waren. Und dann? Dann sind alle Pferde über meine Mutter gelaufen. Mit ihren Hufen. Meine Mutter war eine Indianerin, sagt Anna zu mir. Ich sage nichts. Sie ist über den Zaun gestiegen, um ihre Pferde zu füttern, sagt sie, und da haben ihre eigenen

Pferde sie zu Tode getrampelt. Stell dir mal vor, sagt Anna zu mir. Ich stelle es mir vor, und sage dann zu meiner Freundin: Ich finde, das ist ein schöner Tod für eine Indianerin. Das finde ich auch, sagt Anna. Warst du dabei, frage ich. Nein, sagt Anna. Und die Pferde? Die haben sie natürlich abschießen müssen. Du hast ja selber die Schüsse gehört. Ja, sage ich, das stimmt.

Eine Spieldose spielt: Ach, wie so trügerisch ist Weibertreue. Die Spieldose steht auf einem fahrbaren Tisch, der am Morgen von meiner Mutter und meinem Vater in mein Zimmer geschoben wird. Blumen und Kerzenlicht, und neben der Spieldose liegen die Geschenke. Ich habe Geburtstag. Einer von allen Tagen im Jahr ist der Tag, an dem ich geboren wurde. Einer von allen Tagen im Jahr ist der erste Tag. Oder mit dem Kopf gleich in den Beton hineinrutschen. Erstes und Letztes in eins. Die Augen auftun, das Grab sehen, dann kopfüber hinein und versteinern. Ach, wie so trügerisch. Ich bekomme eine Haarspange aus Silber, ein Märchenbuch, Briefpapier mit Wasserzeichen, mein Name links oben, einen Suppenteller, an dessen Grund zwei Mädchen Ball spielen, und eine Rose von Jericho, ein vertrocknetes Ding, das eine Blume wird, wenn man es naß macht. Solange, bis der Teller zu Bruch geht, spielen die Mädchen am Grunde des Porzellans Ball. Solange, bis Wasser in Sicht ist, rollt die Rose von Jericho durch die Wüste. Der Teller geht nicht zu Bruch. Wenn ich so viel Suppe gelöffelt habe, daß die Mädchen unter Nudeln und Suppengrün zu spielen anfangen, lausche ich in den Teller hinein, ich will hören, wie die eine oder die andre den Ball fängt. Meine Mutter sagt, das sei nicht zu hören, weil der Ball zwischen den beiden hoch in der Luft steht. Und er kommt niemals herunter? Nein, sagt meine Mutter, das ist doch ein Bild. Wir freuen uns, daß du geboren bist. Ein Bild, das bleibt immer so, wie es ist.

Die Heilige Difunta Correa verdurstete in der Wüste, aber das Kind, das an ihrer Brust trank, lebte noch, als man die beiden fand. Leben trinken aus einer Toten, meine Amme streicht mit ihrem Zeigefinger das Bildchen glatt, komisch, wenn das Leben aus einer herausgeht, wird die schwerer statt leichter. Rücken, Beine und Fersen der Heiligen schwer auf dem Sand, das Kind hält sie noch im Arm, hält es, die Tote, das lebendige Kind in ihrem schon gestorbenen Arm, und als dritte im Bunde über den beiden die stumme Sonne, die der Mutter den Tod gebracht hat. Wo immer im Sand ein Altar für die Verdurstete ist, lassen die Reisenden Flaschen mit Wasser zurück, sagt meine Amme. Ob das Wasser sie wachruft. Ob eine Heilige, die schon längst tot ist, wohl aus so vielen verschlossenen Flaschen ihr Leben zurücktrinken kann. Hat eine Heilige überhaupt Hände und Mund. Meine Amme sagt, aufstehen wird sie schon. Ja, aber wann denn. Wenn niemand mehr kommt, um neue Opfer zu bringen, sagt sie. Wenn auf der Erde Stille einkehrt, wird sie nachschauen wollen, was los ist, spätestens dann wird sie aufstehen und trinken.

Dann geht die Geschichte doch weiter. Rechts und links und oben und unten vom Bildrand. Natürlich, sagt meine Amme. Und nur, soweit das Bild reicht, bleibt alles so, wie es ist. Sicher, sagt sie, und läßt mich das Kärtchen, auf dem das Bild der Difunta zu sehen ist, in die

Hand nehmen. Rings um das Bild aber bleibt alles in Bewegung, frage ich, auch diese Geschichte selbst, die sich hier auf dem Bild nicht weiter bewegen kann. Gewiß doch, sagt meine Amme. Du siehst ja, sagt sie, wie zum Beispiel die Sonne am Himmel wandert. Ja, sage ich, das stimmt, daran kann man es erkennen. Es wäre doch schlimm, sagt sie, wenn die immer so hoch am Himmel wäre, wie hier auf dem Bild über den beiden. Dann würde sie ja alles verbrennen. Das stimmt, sage ich, und blicke auf das Gitter aus Licht, das die Sonne durch die geschlossenen Jalousien meines Zimmers hindurch auf den Fußboden wirft. Meine Amme nimmt das Heiligenbild wieder zurück und steckt es in ihre olivfarbene Tasche. Draußen ist Mittag.

Ob die Sonne sich abnutzt. Ob sie in Ländern wie hier, wo sie das ganze Jahr über jeden Tag scheinen muß, schneller als anderswo schäbig wird. Ob sie in Ländern wie hier, wo sie beinahe zu jeder Zeit alles sehen kann, außer nachts, oder wenn es, was selten geschieht, einmal regnet, selbst Spuren davonträgt von dem, was sie sieht. Ob das, was unter ihrem Strahlen vorfällt, auf sie zurückscheint. So daß die Sonne je nachdem, was sie bescheint, selbst vollkommen oder verwahrlost, heil oder kalt aussieht. Ob es das ist, wovon sie manchmal weiß wird. Oder fleckig. Vom vielen Sehen. Wahrscheinlich. Während ich kniee, und wieder stehe, und mich wieder setze, und dann wieder kniee, während ich in der schattigen Kirche Sonntag für Sonntag den Reigen des Betens vollführe, denke ich an die Heilige Dreieinigkeit: Mutter, Säugling und Sonne.

Heiß, sagt meine Mutter, und zieht mich vom Herd weg. Heiß, sagt mein Vater, wenn Feuer gemacht wird, und stellt sich zwischen mich und das Feuer. Heiß, sagt meine Mutter, wenn sie die Kerze anzündet, die in meine Laterne hineingestellt werden soll. Laterne, Laterne. Sonne, Mond und Sterne. Wenn der Schirm um die Kerze herum wie eine Ziehharmonika aufgezogen ist, darf ich die Laterne an ihrem langen hölzernen Stiel halten und damit hinausgehen. Brenne auf mein Licht, brenne auf mein Licht, aber nur meine liebe Laterne nicht. Der Schirm ist aus Papier. Bin ich auch aus Papier, frage ich meine Mutter. Meine Mutter lacht und sagt: Aber nein, und ruft meinem Vater zu, daß ich hätte wissen wollen, ob ich aus Papier sei, und mein Vater lacht auch, kommt aus seinem Zimmer heraus in den Flur, und streicht mir über den Kopf. Dann gehe ich mit meiner Mutter hinaus auf die Straße und sehe, wie auch aus den anderen Häusern Kinder mit Laternen in den Händen kommen, am Martinstag dürfen wir alle bis nach Mitternacht aufbleiben und mit unseren Laternen die dunkle Straße erleuchten. Wenn ich aus Papier wäre, würde zuerst mein Kleid Feuer fangen, dann die Beine, dann die Arme, dann der Kopf, eben alles, was weiter außen ist, und erst dann würde der Bauch verbrennen und die kleinen rosafarbenen Knöpfe über dem Herzen, und schließlich das Herz selbst, das am weitesten innen ist. All das würde schwarz werden und, solange es glüht, in die Nacht hinauffliegen und erst, wenn es oben in der Luft abgekühlt ist, als Ascheregen auf die Erde zurückfallen. Ich sei aber nicht aus Papier, wiederholt meine Mutter. Trotzdem zieht sie mich jedesmal, wenn ich ein Feuer anfassen will, weg und sagt: Heiß.

Auge, Nase, Mund. Wie oft hat meine Mutter die Augen geschlossen, kurz bevor mein Zeigefinger ins Schwarze getroffen hat, wie oft hat mein Vater seinen Mund aufgemacht, um mir zu zeigen, was ein Mund ist, und ihn um meinen Finger geschlossen, als würde er beißen, aber hat nicht gebissen. Wenn man mit einem Kopf Ball spielen wollte, würde nur eines stören: die Nase. Die Zähne meines Vaters sind hell, und wenn ich mit dem Finger im Dunkel seines Mundes herumfahre, fühlen sie sich feucht und hart an. Ich sehe einen Baum und sage Baum, ich rieche Kuchen, den meine Mutter am Sonntag bäckt, und sage Kuchen, ich höre einen Vogel im Garten zwitschern, und meine Mutter sagt: Ja, ein Vogel. Wir stecken den Kuchen in unsere Münder, er verschwindet darin, Mund, Augen und Nase Löcher, Anfänge von Wegen, wohin sie führen, weiß niemand genau, Bauch, sagt meine Mutter, aber von innen habe ich den Bauch nie gesehen, wenigstens kommt das, was ich esse, unten wieder heraus, nur das, was ich in meine Augen hineintue, wo geht das hin, soll das alles in meinen Kopf hineinpassen, selbst wenn ich das stapeln würde wie unsere Aufwartefrau die Wäsche, zusammenfalten und übereinanderlegen, hätte das keinen Platz, glaube ich, deshalb sage ich, was ich sehe, denn dann macht das in meinem Kopf eine Kurve und geht durch den Mund wieder hinaus. Scheiße, sage ich, als ich später sehe, was aus dem Kuchen geworden ist. Das ist ein schmutziges Wort, sagt meine Mutter, während sie mir den Hintern abwischt. Das sagt man nicht, sagt sie und spült. Aber das haben wir doch sogar gegessen. Vorher, sagt meine Mutter, wir gehen ins Zimmer zurück. Also wird der Kuchen auf dem Weg durch meinen Körper schmutzig. So kannst du das nicht sehen, sagt mein Vater, mit dir hat das nichts zu tun, es geht nur um das Wort. Das Wort darf ich nicht sagen. Nein, sagt meine Mutter, so ein Wort nimmt eine junge Dame nicht in den Mund. Augen. Nase. Mund. Also gerade das, was schmutzig ist, soll in meinem Kopf gestapelt und aufbewahrt werden und darf nicht, nachdem es die Kurve gemacht hat, durch meinen Mund wieder hinaus. Aber, sage ich, wenn ein Fuß, den ich sehe, schmutzig ist, und ich sage Fuß, dann ist das auch ein schmutziges Wort, oder, aber nein, sagt meine Mutter, das Wort selbst ist sauber. Aha. Nur Scheiße soll ich nicht sagen, jetzt ist aber wirklich Schluß, sagt meine Mutter. Mein Vater sagt, Zeit für einen Spaziergang. Im Auge der Stadt, auf dem großen Platz, steht der Obelisk, um ihn kreisen die Autos, seit gestern hat er einen Rock aus Holz an, ich fahre mit der Hand über die weißen Buchstaben auf dem Bretterzaun, sie sind angeleuchtet, und mein Vater liest vor: Stille ist Gesundheit.

Das Gleichgewicht, hat mein Vater gesagt, als ich einmal mit zerrauften Haaren aus der Schule nach Haus kam, hängt durchaus nicht von der physischen Stärke ab, die man selbst hat oder der Gegner, das Gleichgewicht ist immer ein Gleichgewicht der Mittel, derer man sich bedient. Damals hat mir mein Vater einen Handgriff gezeigt, mit dem man blitzschnell, ehe der Gegner weiß, wie ihm geschieht, den angreifenden Arm auf den Rükken drehen kann und ihn so festhalten und bezwingen. Als ich noch klein war, habe ich, wenn ich Kaufmannsladen spielte, zu den Murmeln, die ich verkaufte, dem Käufer noch Spielgeld dazugegeben, statt zu kassieren. Damals hatte ich noch nicht verstanden, daß es sich auch beim Kaufen darum handelt, ein nicht sichtbares Gleichgewicht aufrecht zu halten, das mit dem oft schäbigen Aussehen der Münzen nicht das geringste zu tun hat. Wenn alle Griffe, mit denen mein Vater das Futteral seiner Dienstwaffe blankgewetzt hat, dazu gedient haben, das eine oder das andere Gleichgewicht aufrecht zu halten, dann wiegt sicher auch diese leichte, unscheinbare Waffe vieles auf, dessen Wesen sich mir aus dem bloßen Anblick der Waffe oder des Futterals nicht erschließt.

Diesmal haben wir aber gewonnen, sagt meine Freundin Anna auf dem Schulhof zu mir und treibt mit den Füßen den Ball bald hierhin, bald dorthin. In der ganzen Welt spielt niemand besser als wir. Wir sind die Meister. Annas Fußball stößt sich an einem Kiesel und kommt von der Bahn ab. Zwei zu eins, sagt sie, jetzt ist es bewiesen. Sie läuft dem Ball nach. Und deshalb schießen sie jetzt das Feuerwerk ab, ruft sie und bleibt dicht beim Ball stehen, wir hören die Knaller, aber weil die Ziegelmauer um unseren Schulhof so hoch ist und vielleicht auch, weil, wie immer, die Sonne scheint, sehen wir weder Blumen noch Feuerräder noch Sternschnuppen oder goldenen Regen am Himmel. Sie haben vielleicht nicht mit der Sonne gerechnet, sagt Anna und nimmt schräg Anlauf, dann tritt sie gegen den Ball und schießt ihn auf mich, das heißt auf das Tor hinter mir, das ich hüte, ich bin die Torwärterin, das Tor ist ein Stück Gras zwischen einem leeren Milchkarton rechts und links einem Papierkorb aus Stein, ich gebe es frei, das Tor, das ich hüte, und der Ball schießt hinein. Hätte er mich getroffen, wäre ich tot. Das ist unfair, sagt Anna. Viel Platz auf so einem Fußballfeld, und der Rasen, je weicher er ist, desto besser. Körper an Körper unter dem Rasen, die Hände ausgebreitet, über die Hände, Münder und Augen rollt der Ball auf das Tor zu, sanft schwebt er hinein, wir sind die Meister.

Ich schlafe. Meine Großmutter erzählt meiner Tante, wie ihr am Vormittag schwindlig geworden ist. Karussellfahren gratis, sagt sie, die Schränke haben im Kreis um mich getanzt, aber dann wurde mir schwarz vor den Augen. Dann hab ich die Englein singen hören, sagt meine Großmutter. Gratis. Und lacht. Meine Mutter sagt zu ihrem Bruder, meinem Onkel: Also komisch finde ich das schon, daß sie sich nicht meldet. Schließlich ist sie unsere Schwester. Ich habe ihr sogar angeboten, bei uns zu wohnen. Und meine Tante lacht auch und sagt, ach, man muß gar nicht so alt werden, um zu fallen, unser Nachbar ist am Sonntag vom Dach seines Schuppens gefallen, er wollte nachsehen, ob er den Hammer unten liegengelassen hat, und hat sich heruntergebeugt, aber sein Hintern hat auch schauen wollen und ist nachgerutscht, und schon lag er unten. Der Nachbar. Vielleicht hat er, sagt meine Großmutter, ein Gläschen zuviel getrunken. Kann schon sein, sagt meine Tante. Mein Onkel sagt, man darf nicht vergessen, mit diesem Mann hat sie's nicht einfach. Dann bringt sie ihn eben mit, sagt meine Mutter. Mein Onkel sagt nichts. Also ich verstehe das jedenfalls nicht, sagt meine Mutter. Mein Onkel sagt zu meinem Vater, zwei zu eins ist nicht schlecht, was. Und mein Vater antwortet, wir sind jetzt die Meister. Mein Onkel sagt, daß ich das noch erlebe, und lacht, und mein Vater lacht auch, und meine Tante sagt, obwohl, am Vormittag sollte man ja nicht trinken, meine Großmutter gibt keine Antwort. Ich liege am Boden und schlafe.

Meine Mutter sagt, daß sie da so schlafen kann, mitten im Zimmer am Boden, alle schauen einen Moment lang auf mich, keiner spricht, dann sagt meine Mutter, ich werde mal nachsehen, ob das Essen schon fertig ist. Meine Tante sagt, aber Fenster putzen solltest du auf keinen Fall mehr allein, denn die Leiter ist wirklich gefährlich. Meine Mutter ruft, das Essen ist fertig. Komm, lieber Herr, sei unser Gast, und segne, was du uns bescheret hast.

Der Tisch, an den wir uns setzen, ist groß und oval wie ein Stadion. Onkel und Tante, Mutter und Vater, Vater an der schmalen Biegung des Tisches, Großmutter neben mir. Es gibt Fisch. Die junge Frau am anderen Ende des Tisches, meinem Vater genau gegenüber, verneint wortlos, als die Aufwartefrau ihr ein Stück vorlegen will. Auch der junge Mann, der zu meiner Linken sitzt, nimmt sich nur vom Gemüse. Die Aufwartefrau pflückt ihm, bevor sie weiter serviert, ein Fädchen vom Hemd, meine Mutter sagt: Die Fliegen sind dieses Jahr wirklich lästig. Die Aufwartefrau lächelt mir zu. Die beiden Unbekannten hantieren langsam mit Messer und Gabel und kauen lautlos. Ich zeige mit dem Messer auf sie, will wissen, wer diese sind, die mit uns essen, aber noch bevor meine Frage zwischen Fischfleisch und Gräten hinausschlüpft, sagt meine Großmutter, mit dem Messer zeigt man nicht in die Luft, und meine Mutter sagt, beim Fischessen wird nicht geredet.

Schnee. Messer und Gabeln klirren auf Porzellan, Kiefer öffnen sich mit leisem Knacken, mein Vater zermalmt die Gräten zwischen den Zähnen, statt sie sich, hat er sie einmal verschluckt, aus dem Mund zu ziehen, das sprudelnde Wasser singt in den Gläsern. Wenn jetzt Schnee fiele, auf das Tischtuch, auf die Haare von Mutter und Vater, auf die Hände, in die Gläser, dann würde irgendwann nichts mehr zu hören sein von alldem. Am Anfang würde der Schnee noch schmelzen, weil das, worauf er fällt, zunächst warm ist, so hat meine Großmutter es mir erzählt, aber irgendwann setze die Kälte sich gegen die Wärme durch, hat sie gesagt, immer sei das so, wenn es nur lang genug schneie, dann decke der Schnee alles zu, und es werde still. Wenn jetzt Schnee fiele, würde auf einmal die ganze Familie still. Weiß, weich und reglos wie der Fisch, den wir essen. Meine Großmutter ist die einzige in unserer Familie, die sich an Schnee erinnert.

Als meine Großmutter ein junges Mädchen war, hat sie sich beim Schlittschuhlaufen die Beine einmal so eingeschnürt, daß bis auf den heutigen Tag unterhalb ihrer Knie violette Male zu sehen sind. Schnee kann man essen, hat sie erzählt. Für meine Mutter hat sie in dem einzigen kalten Winter, als sie mit ihr noch drüben war, eine Kappe genäht, die man unter dem Kinn zubinden konnte, und obendrauf war ein wollener Ball. Meine Mutter war also auch einmal ein Säugling, aber weit weg, lang her, auf der anderen Seite der Welt, in Decken gewickelt, auf einem Schlitten liegend, mit rotgefrorenen Backen, die auf dem Foto, weil es ein Schwarzweißfoto ist, deutlich grau sind. Drüben. Die Oberfläche des Fotos ist von der langen Reise, während der meine Großmutter es bei sich getragen hat, wie in sich zerbrochen. Die Kappe aber ist bis auf den heutigen Tag unversehrt, sie liegt zwischen Faschingskostümen in einem schweren, ledernen Koffer, der im Abstellraum steht. Meine Mutter hat wasserfarbene Augen, die sehen aus wie geschmolzener Schnee. Meine Augen sind schwarz. Ich weiß nicht, was Schnee ist, und habe es auch zu keinem Zeitpunkt gewußt. Hüben.

Für den Fisch gibt es für alle ein besonderes Messer, das nicht scharf ist. Aber wenn wir Fleisch essen, muß ich mein Kindermesser nehmen, in dessen Griff ein Katzengesicht eingraviert ist. Dann schneidet mir meine Mutter das Fleisch mit ihrem spitzen und scharfgezackten Messer in kleine Stücke, und mein katzengesichtiges Messer ist nur dazu da, die vorgeschnittenen Bissen auf die Gabel zu schieben. Im Griff der Gabel ein Bär, im Löffel ein Hase. Wenn ein Messer scharf genug ist, kann man einem oder einer sogar die Fußsohlen ringsherum einschneiden, und dann die Haut abziehen. Der oder die muß von da an bis ins Land des Todes ja nicht mehr weit laufen. Und ein Wort ist immer das letzte. Messer vielleicht. Oder ein andres. Irgendein Wort, das einer oder eine schon immer gekannt hat.

Keiner weiß mehr genau, ob die Difunta das Kind schon geboren hatte, bevor sie aufbrach, sagt die Amme zu mir, oder ob sie es erst in der Wüste zur Welt gebracht hat. Warum hat sie sich denn überhaupt auf den Weg gemacht, frage ich. Der Vater des Kindes saß hundertfünfzig Kilometer entfernt hinter Gittern, antwortet sie. Hinter der Wüste hinter Gittern. Zu ihm wollte sie, sagt die Amme.

Weißt du, sagt Marie, daß da, wo jetzt unser Garten ist, vorher Wüste war. Marie füllt mit ihren Händen Sand in einen kleinen blechernen Eimer. Ich habe den Garten der Amme und ihrer Tochter Marie, die so etwas wie meine Milchschwester ist, niemals gesehen. Meine Mutter hat, sagt sie, lange vor meiner Geburt, ein paar armselige Bäume in die Wüste hineingesteckt und gehofft, daß es regnet. Und, frage ich. Es hat, sagt Marie, ihr Eimer ist schon beinahe voll. Neben dem Eimer habe ich mit einer Schaufel ein Loch ausgehoben und endlich die Tiefe erreicht, in der der Sand fester wird, da schimmert er an den Rändern der Grube dunkel und feucht. Die Bäume haben Schatten geworfen, so dünn wie Schnüre aus Teer zwar nur, aber in diesen Schnüren hat sich der Regen verfangen. Jetzt kann ich den Zuckersand aus dem Eimer Maries endlich in mein Loch hinein leeren. Später wuchs alles. Blumen. Und Gras auch. Genau, sagt Marie, steht jetzt auf, nimmt mich an Hand und Fuß und schleudert mich so im Kreis, daß ich durch mein eigenes Gewicht aus der Bahn fliege in den Sand. Ich lande knapp zwischen fremden Armen und Beinen.

Die Amme sitzt unter einem Schirm im Schatten, ihr Badeanzug ist braun gemustert, ihre Haut dagegen sehr weiß. Dieser Abschnitt des Strandes ist Frauen und Kindern vorbehalten, der benachbarte den Männern. Liebespaare treffen sich schwimmend am Seil, das das Meer trennt, und berühren sich unter der Oberfläche des Wassers. Wo warme und kalte Wasser nicht klar voneinander getrennt sind, entstehen Strömungen, hat mein Vater neulich gesagt, dort, wo sie zusammenstoßen, setzt sich das Wasser in Bewegung. Mein Vater kennt sich mit den Strömungen aus. Hin und wieder erheben sich einige Frauen am Strand und klatschen in die Hände, eine von ihnen hat dann das Kind auf der Schulter, das seine Mutter, Kinderfrau, Tante aus den Augen verloren hat und jetzt weint. Mutter, Kinderfrau, Tante hören das Klatschen, laufen herbei und holen ihr Kind wieder zurück. Greisinnen spielen Karten, Frauenköpfe liegen mit geschlossenen Augen da, Füße auf dem Weg ins Wasser setzen zwischen den Wangen der Frauen die Zehen schnell in den Sand, Kinder bauen Burgen aus Sand oder Gräben, die sich mit jeder Welle neu füllen und leeren. Zwischen den Männern auf der anderen Seite gibt es viel freien Raum, hier bei den Frauen und Kindern liegt, sitzt oder steht Körper an Körper.

Als ich nach Haus komme vom Baden, Sand zwischen den Zähnen, die Haare vom Salzwasser verfilzt, finde ich die junge Frau, die neulich mit uns gegessen hat, in meinem Zimmer, sie sitzt auf dem Sofa und liest in einem Buch. Ihre Kleider sind staubig. Ich wollte mir nur die Zeit vertreiben, bis du kommst, sagt sie und legt das Buch beiseite. Ich würde gern etwas trinken. Ich sage: Warten Sie einen Moment, und gehe in die Küche hinunter. Ich öffne den Eisschrank und blicke ein Weilchen hinein: Wurst, Käse, Joghurt. Ich blicke hinein. Früchte, Gemüse, Ketchup und Eier. Mich fröstelt. Ein Topf mit Essen von gestern. Ich blicke in das kühle, erleuchtete Fenster, und alles, was ich denken könnte, friert fest. Eine halbvolle Flasche Wasser steht in der Tür des Eisschranks, die nehme ich, und ein Glas, und bringe beides meinem Besuch. Kannst du eigentlich schwimmen, fragt mich die Frau, nachdem sie das Glas mit Wasser gefüllt und auf einen Zug ausgetrunken hat. Ich sage: Ja. Als ich so alt war wie du, sagt sie, bin ich nach Kämmen getaucht. Im Meer, frage ich. Nein, im Schwimmbad natürlich, sagt sie und lächelt. Das Meer, sagt sie, trägt alles, was man hineinwirft, schneller, als man denken kann, mit sich fort. Mein Vater kennt sich mit den Strömungen aus, sage ich. So, sagt die Frau.

Sie hat Fieber, sagt mein Vater und legt seine schwere Hand auf meine Stirn. Ich liege da und versuche, das Muster zu verstehen, das auf die Tapete gedruckt ist, aber ich verstehe es nicht, Monde, Tore, irgend etwas, das an den Ecken nicht ineinandergreift, sondern offen geblieben ist, was ich sehe, ergibt keinen Sinn. Ich schließe die Augen. Der Schlaf wird ihr guttun, sagt meine Mutter. Mein Zimmer ist schattig, weil die Jalousien heruntergelassen sind, aber wäre das Fenster geöffnet, könnte ich, wenn ich die Augen aufmache, von meinem Bett aus die brennenden Berge sehen. Durch mein Fenster wie durch eine Lupe den rot und blau schimmernden riesigen Fels, das unbewegliche Tier am Horizont, das seit Jahrhunderten seinen Durst nicht gelöscht hat, und auf dem deshalb nicht einmal Moos wächst. Oder sind meine Augenlider selbst schwere Vorhänge geworden, die mir den Blick auf das steingewordene Feuer verwehren. Nein nein. Einmal quer durch die Stadt gehen und dann durch den Rand der Stadt, der früher Wüste war, und dann durch die Wüste, bis hin zu den Bergen. Oder ist Nacht. Sie ist heiß, sagt meine Mutter. Nachts brennen die Berge doch nicht. Vorsicht heiß. Nur zwischen vierzehn und neunzehn Uhr. Wenns mit der Sonne bergab geht. Einen Stuhl könnte ich anschauen, einen Tisch, eine Tür. Aber das Gebirge paßt nicht in meinen Blick, es brüllt, es sprengt mir die Augen. Ob sie Schmerzen hat, fragt meine Mutter meinen Vater. Jetzt verbeißt sich das Tier mit seinen Zähnen aus Stein in meinem Haar und reißt es mir aus, daß dich nicht einmal deine eigene Mutter wiedererkennt, die Augenhöhlen geleert den Schädel haarlos schön kühl, so sehe ich endlich das Feuertier aus der Nähe. Ich glaube nicht, sagt mein Vater. Blind sehe ich endlich: Aussaufen will mich das Tier. Rufst du den Arzt an, sagt meine Mutter zu meinem Vater. Sie legt mir ein kühles Tuch auf die Lippen. Was meinst du, wie lange lag die Difunta Correa in der Wüste, bevor man sie fand. Ich weiß nicht, sagt meine Amme. Stunden. Oder Tage. Nachts wird es doch kalt in der Wüste. Ja, sagt sie. Rosafarbenes Mädchenzimmer. Haus. Zu Hause.

Na, kleines Fräulein, sagt der Freund meines Vaters, der Arzt, der neben meinem Bett steht, als ich erwache. Jetzt machen wir deinem Fieber den Garaus. Mund auf, sagt er und schiebt mir einen Löffel mit einer bitteren Flüssigkeit in den Mund. Heile, heile Segen, höre ich singen. Der Arzt ist ein großer Mann mit einem kahlen Schädel. Während er mir seine Medizin einflößt, lächelt sein Mund, aber mit den Augen beobachtet er, ob die Medizin wohl auch ganz und gar in mir verschwindet. Drei Tag' Regen, drei Tag' Schnee. Meine Großmutter ist die einzige in der Familie, die sich an Schnee erinnert. Er legt mir die Hand auf die Stirn, nickt meiner Mutter zu und sagt, das wird schon wieder. Meine Mutter sagt, sie habe mich manchmal mit mir selbst reden hören, auch ohne Fieber. Was er dazu meine. Es gebe so ein Alter, sagt dazu der Arzt, der Freund meines Vaters, besonders bei Mädchen. Und schließt seine Tasche, in der er die Hilfsmittel hat und die Arzneien. Morgen tut es nimmer weh. Meine Mutter sagt zu mir: Du wirst sehen, jetzt schwimmen die bösen Bakterien bald mit den Füßchen nach oben. Der Arzt sagt: Jetzt zappeln sie schon und schnappen nach Luft. Meine Mutter sagt: Und schreien um Hilfe, aber denen hilft niemand, wirst sehen. Aber, sage ich. Es singt inwendig. Nichts aber, sagt der Arzt, bald wirst du wieder gesund sein.

Ich liege im Bett, in meinem Körper wird der Krankheit der Garaus gemacht, wer ist der Garaus, unsere Aufwartefrau saugt im Haus Staub, wenn es still wird, weiß ich, sie ist trotzdem noch da, putzt Spiegel, putzt unten im Wohnzimmer mein Klavier, scheuert Waschbecken oder Wanne, bezieht das Bett meiner Eltern mit frischer Wäsche, bügelt. Oder. Ist sie doch ausgegangen, einkaufen, Obst pflücken im Garten. Meine Stirn ist kühler als in der Nacht, ich liege mit offenen Augen eingegraben ins Kissen und blicke auf die Girlanden aus Rosen, mit denen die Tapete meines Zimmers bedruckt ist, ich erkenne die Rosen wieder als Rosen, ich versuche, die Stille des Alleinseins von der anderen Stille zu unterscheiden. Gegen Mittag höre ich unten Geräusche, die Aufwartefrau beginnt, in der Küche zu arbeiten, rührt, mixt und schneidet, Eisschrank auf, Eisschrank zu, sie bereitet für meine Mutter und mich das Essen zu. Ich mag nichts essen. Den Garaus. Nachmittags dann der Abwasch, von ferne ist das durch Wasser und Schaum gedämpfte Aneinanderschlagen der Teller zu hören, und in der Stille danach, das weiß ich, wird die Waschmaschine mit schmutziger Wäsche gefüllt, kurz darauf beginnt sie zu rotieren, mir fallen die Augen zu, ein, zwei Stunden später weckt mich die Maschine, im Schleudergang heult sie auf und vibriert, dann wieder alles stumm, die Aufwartefrau trägt die Wäsche hinaus in den Garten und hängt sie dort an der frischen Luft auf die Leine.

Seit der Mann der Aufwartefrau fort ist und ihr Sohn aus dem Haus, wie sie sagt, lebt sie mit ihrem Schwiegervater zusammen. Die beiden sind in der Wohnung übriggeblieben. Sozusagen. Sagt die Aufwartefrau. Die Aufwartefrau sagt: Mein Schwiegervater kann jetzt nur noch schlecht gehen. Er braucht einen Stock. Oder sie sagt: Den Film möchte ich mir unbedingt mit meinem Schwiegervater ansehen. Oder: Mein Schwiegervater mag keine Kartoffeln. Wenn sie überhaupt etwas sagt. Manchmal lächelt sie, wenn unsere Wege im Haus sich kreuzen. Als ich meine Mutter frage, wo ist denn ihr Mann, sagt meine Mutter, so etwas fragt man nicht, das geht uns nichts an. Sie könnte ja ihren Schwiegervater heiraten, sage ich. Das geht uns nichts an, sagt meine Mutter. Bis du heiratest, ist alles wieder gut, hat mein Vater an meinem Krankenbett gesagt. Wie alt ist sie denn, frage ich. Ungefähr so alt wie ich, sagt meine Mutter und sagt: Schluß jetzt. Ach so, sage ich, ich dachte, sie sei schon eine alte Frau. Ich will davon nichts mehr hören, sagt meine Mutter und zeigt mit dem Stift auf mein Mathematikbuch. Ich schaue ins Mathematikbuch und sage nichts mehr, aber ich denke, daß unsere Aufwartefrau viel älter aussieht als meine Mutter, so alt, als könnte sie meine Großmutter sein, und ihre Knochen sind auch schon sehr zerbrechlich. Wenn sie einmal stolpert, hat sie gleich einen gebrochenen Fuß, wenn sie mit der Hand zu heftig an eine Tür klopft, zersplittert der Knöchel. Glasknochen, hat sie gesagt, nennt man solche Knochen, und weil so oft etwas an ihr zersplittert, ist sie oft krankgeschrieben, und meine Mutter muß dann selbst kochen, bügeln und putzen. A Quadrat plus B Quadrat gleich C Quadrat. Ich versuche mir vorzustellen, wie durchsichtig unsere Aufwartefrau innen ist mit ihren gläsernen Knochen. Wenn sie jetzt nie wieder heiratet, wann ist dann alles wieder gut. Geht das dann einfach so weiter, bis sie in tausend Stäubchen zerbrochen ist und man sie mit Handfeger und Schaufel zusammenkehren kann, solange, bis nie wieder alles wieder gut ist.

Daß das Kind überlebt hat, ist doch ein Wunder, sage ich zu meiner Amme. Wir sind zur Markthalle unterwegs, den Korb darf ich tragen. Außer uns ist niemand zu sehen. Ja, sicher, sagt meine Amme. Wir gehen auf der Seite der Straße, die im Schatten der Häuser liegt. Hätte die Mutter auch überlebt, wäre das kein Wunder gewesen. Nein, sagt die Amme, wahrscheinlich nicht. Dann wäre das einfach nur ein schwerer Weg gewesen. Wahrscheinlich, sagt meine Amme. Wir haben den Bürgersteig ganz für uns allein, Block um Block. Sie wären einfach nur irgendwann angekommen. Ja, sagt die Amme. Dann war also nur, weil die Mutter gestorben ist, plötzlich Platz da für ein Wunder. So kannst du das nicht sagen, sagt meine Amme zu mir. Wir biegen links um die Ecke und sind jetzt mitten unter der Sonne. Die Luft ist flüssig vor Hitze. Eine alte Frau kommt uns entgegen, sie hält unzählige leere Plastetüten, weiß, rosa, orange, in ihren Händen, die bauschen sich in einem Wind, den ich nicht spüre, und rascheln, die ganze Frau ist aufgebauscht und raschelt, während sie geht, und ich erwarte, daß sie, noch bevor sie uns erreicht hat, mit ihren billigen Flügeln schlägt und auffliegt. Aber sie streift uns nur im Vorübergehen mit all dem Leeren, das sie in ihren Händen hält, und lacht mich an, wendet sich sogar noch zu mir um, um mir die Möglichkeit zu geben, sie länger anzusehen. Und Jesus ist auch tot, sage ich. Sicher, sagt die Amme. Wenige Meter, dann treten wir seitwärts aus der Hitze in den geschwätzigen Schatten der Halle, da sind dicht an dicht Menschen.

Ich habe überhaupt nichts dagegen, sagt der Lehrer, wenn ihr in dem Zimmer, in dem ihr euch aufhaltet, viel Licht habt. Aber bitte schaltet das Licht dort aus, wo ihr es nicht braucht. Wir nicken. Meine Unterarme liegen glatt und gerade übereinander. Spart Strom, sagt der Lehrer. Denkt an unser Land. Seht euch einmal an, sagt der Lehrer, ihr seid sauber gekleidet, ihr lernt etwas, ihr seid satt. Aber das kommt nicht von selbst, sagt der Lehrer. Das hier, sagt er, ist nur ein Anfang, stellt euch vor, rings um uns wäre nur Wasser. Mein Vater kennt sich mit den Strömungen aus. Wenn wir alle zusammenarbeiten, können wir aus dem Sand, der angespült wird, neues Land gewinnen, sagt der Lehrer. Und alle, die auf diesem neuen Land leben werden, denen wird es genausogut gehen wie euch. Wir nicken. Aber das Meer ist tückisch, sagt er, was wir ihm auf der einen Seite abtrotzen, das will es uns auf der anderen wieder nehmen. Habt ihr schon einmal gesehen, wie das Meer gegen die Felsen schlägt? Wir nicken. Felsen braucht eine Insel, um nicht vom Meer ins Meer gerissen zu werden. Tag für Tag Felsen. Und wißt ihr, wie es im Meer aussieht. Wir schütteln die Köpfe. Kennt ihr die Ungeheuer, die in viertausend Meter Tiefe dort hausen? Wir schütteln die Köpfe. Die kann man nicht kennen, sagt der Lehrer.

Hörst du, sagt Anna in der Hofpause zu mir, als hinter der roten Ziegelmauer, die unseren Schulhof umgibt, ein Schuß fällt: Das war meine Schwester. Wir können nichts sehen. Wir warten, was weiter passiert. Und jetzt ist er dran, sagt Anna. Wer denn, frage ich Anna. Der, der in sie verliebt ist. Aber nur, wenn er Mut hat. Ein zweiter Schuß fällt. Wir haben gewonnen, ruft Anna. Wer denn, frage ich. Er und meine Schwester. Haben sie eine Bank überfallen? Nein, sagt sie, es ging um etwas ganz andres. Um was denn, frage ich Anna. Um Liebe, sagt sie. Wenn alles gutgegangen ist, sind sie jetzt beide tot.

Die Mazurka f-moll ist das letzte Stück, das Chopin geschrieben hat. Man hat es auf seinem Totenbett gefunden, sagt meine Klavierlehrerin. Meine Klavierlehrerin zieht während ihrer Unterrichtsstunden immer die Vorhänge zu, so daß vom Sonnenschein, der vor den Fenstern steht, nur ein schwefelfarbenes Licht in den Raum dringt, dieses schwefelfarbene Licht wirft seinen Widerschein auf die Klaviertasten, so sehen sie aus wie die abgenutzten Zähne von einem, der sein Leben lang zuviel geraucht hat. In dem Zimmer stehen außer dem Flügel noch verstreut einige Stühle und ein Schreibtisch, dessen Oberfläche zerkratzt ist. Manche der Schreibtischschubladen sind halb aufgezogen, man sieht: Sie sind leer, bis auf eine, in der klemmt eine ausgetrunkene, zusammengedrückte Milchtüte, nach dem sauer gewordenen letzten Rest riecht das Zimmer. Milch. Trinken. Ich erhalte meinen Klavierunterricht in einer öffentlichen Musikschule. Der Fußboden ist mit Linoleum belegt, die Wände sind schalldicht verkleidet. Der Papierkorb ist voll, zwischen den Fenstern hängt eine Fotografie schneebedeckter Berge. Meine Großmutter ist die einzige in der Familie, die sich an Schnee erinnert. Alles, was in diesem Zimmer ist, Tisch, Stühle und Flügel, steht irgendwie schief. Alle Zimmer der Schule sehen so aus, mein Unterricht findet mal in dem einen, mal in dem anderen statt, einhundertsiebzehn, einhundertfünfzehn, dreiachtundzwanzig, zweihundertelf, all diese Zimmer liegen an langen Gängen auf drei Etagen, und wenn's keine Berge mit Schnee sind, ist es ein großer See, der so groß ist, daß sich nichts darin spiegelt, und wenn's keine Milchtüte ist, ist es ein Ball aus zusammengeknülltem Notenpapier, und wenn die schalldichte Verkleidung an einer Stelle ein Loch hat, hört man, wie im Nebenzimmer. Wie im Nebenzimmer. Wie im Nebenzimmer jemand die Mazurka f-moll spielt, das letzte Stück von Chopin, das man auf seinem Totenbett fand.

Zum Verwechseln die Zimmer, alle wie eins, der Ton macht die Musik, bei der Aufnahmeprüfung für diese Schule hatte ein rothaariges Mädchen ein Lied gesungen, das ich nicht kannte, die Auswahl war frei, jeder durfte singen, wonach ihm zumute war, und das Lied, nach dem dem Mädchen zumute war, hatte dazu geführt, daß das Mädchen des Raumes verwiesen wurde. Ich hatte das Lied von der Heimat gesungen, meines und meines Vaters Lied. Diese Schule ist ein Geschenk, hatte die Prüferin bei meiner Zulassung gesagt, von wem, hatte ich fragen wollen, war aber nicht dazu gekommen, es gibt hier einige Schüler, hatte die Prüferin weiter gesagt, die undankbar sind, die nicht verstanden haben, daß man Verantwortung hat für etwas, das einem geschenkt wird. Aber es ist auch so, wollte ich später sagen, als ich das schiefstehende Mobiliar und die gelbwollenen Vorhänge schon kannte und den Geruch nach sauer gewordener Milch: Niemand ist hier zu Hause, und nachts steht die Schule allein da. Sagt mir, wenn ihr jemanden seht, der die Einrichtung beschädigt oder seinen Müll hinterläßt, hatte die Prüferin zu uns gesagt. Aber keiner von denen, die einen Raum in der Schule betreten, sieht jemals den andern, dachte ich später, und hören tut man die anderen Schüler auch nur, wenn die schalldichte Verkleidung an einer Stelle ein Loch hat, zu sehen ist nie jemand, die Flure sind immer leer, und alle Zimmer sehen wie eins aus. Der Müll ist immer schon da, und das Schiefe, die Kratzer. Vielleicht gibt es außer mir gar keinen anderen Schüler. Zimmer für Zimmer soll ich Ordnung machen. Das könnte sein. Nur, wer Sinn für Schönheit hat, kann musizieren, hatte die Prüferin damals gesagt, als wir im Kreis um sie herumsaßen. Niemanden aus dem Kreis habe ich in der Schule je wiedergesehen. Aber meine Lehrerin sagt nichts darüber. Ich jedenfalls habe die Milchtüte nicht zusammengedrückt und in die Schublade geklemmt, sage ich ihr, und sie sagt: Ich weiß. Meine Lehrerin sitzt auch einfach nur da, auf einem Stuhl neben dem Flügel, wenn ich das Zimmer betrete, sie wartet auf mich, und während sie wartet, blättert sie in ihren Noten, ihr Scheitel spiegelt sich im glänzenden Schwarz des Klaviers. Mein Klavierunterricht fällt niemals aus, und die Lehrerin ist immer schon vor mir da, sie sitzt immer schon da und wartet. Auch sie kümmert sich nicht um das, was in ihrem Rücken offen steht, zerkratzt ist oder anfängt, ranzig zu riechen. Und auch, wenn ich die doppelte Tür hinter mir schließe, steht sie nicht auf. Sie nickt mir nur zu und lächelt, dann machen ihre hochgewölbten Wangenknochen aus ihren Augen Schlitze, ich schließe die doppelte Tür hinter mir, sie sagt Guten Tag und gibt mir die Hand, wenn ich bei unserem Instrument angelangt bin, ohne sich zu erheben. Also doch besser, denke ich, alles so lassen, wie es nun einmal ist. Nachts die Schule allein stehen lassen. Soll doch herumgehen, wer will, und Milch verschütten. Ich spiele. Tief in die Tasten, sagt meine Lehrerin, und noch tiefer, wenn der Ton schon angeschlagen sei, das mache einen Unterschied. Den kleinen Finger gerade aufstellen, und das Pedal sauber wechseln. Staccato. Innerlich zählen. Wenn derselbe Ton mehrmals angeschlagen wird, den Finger wechseln, aber jeden Anschlag mit der gleichen Kraft. In jedem Zimmer hängt ein anderes Foto unseres Landes, hatte die Prüferin damals gesagt, aber ich habe doch niemals Berge gesehen, die mit Schnee bedeckt sind, nicht von meinem Fenster aus, und auf keiner Reise. Unser Land ist größer, als du dir vorstellen kannst, sagte die Prüferin, eines Tages wirst auch du den Schnee sehen.

Wenn meine Mutter mich vom Klavierunterricht abholt, springe ich neben ihr auf den steinernen Teppichmustern der Stadt von Insel zu Insel: Auf Schwarz, Weiß oder auf Grau. Diejenigen welche. Dann deren Freunde. Die sich erinnern. Die Angst haben. Und zum Schluß alle. Warum darf ich nie allein nach Haus gehen, frage ich meine Mutter. Weil du dafür noch zu klein bist, sagt sie und nimmt mich bei der Hand, wenn wir die Straße überqueren. Erst nach links schauen, sagt sie, dann nach rechts, ob ein Auto kommt, und wenn keins kommt, schnell über die Straße.

Wie heißt du, wo wohnst du. Meine Zimmertür schleift, wenn ich sie aufmache, an einer Stelle über das Holz, an der Stelle ist der Boden im Halbkreis des Öffnens gezeichnet, draußen im Flur aber ist der Boden aus Stein, ein Stein, der einmal Sand am Grunde des Meers war, man sieht in ihm noch die Muscheln und Schnekken, aber jetzt ist er hart, und die Muscheln und Schnekken sind unbeweglich und flach, Platte für Platte in Scheiben geschnitten, das Badezimmer riecht süßlich, nach Puder, mein Vater und meine Mutter streuen es sich in die Schuhe, bevor sie hinausgehen, wenn man den Wasserhahn zu weit nach links dreht, kommt das Wasser kochend heiß aus der Leitung, Vorsicht, nicht, daß du dich verbrennst, sagt mein Vater, nach dem Kämmen die Haare aus der Bürste entfernen, sagt meine Mutter, das Toilettenpapier sieht, wenn man es gegen das Licht hält, beinahe so aus wie Milchglas, im Bidet wasche ich mir die Füße, wie heißt du, wo wohnst du. Soundso. Soundsostraße Eins A. Wenn ich die gebogene Treppe hinuntergehe, nehme ich immer die äußere Kurve, da sind die Stufen so breit, daß ich den ganzen Fuß aufsetzen kann, innen könnte ich abrutschen, hat meine Mutter erklärt und hat gesagt: Vorsicht, und mich an der Hand genommen, als ich noch klein war, wenn ich die Anrichte unten aufschließen will, muß ich den Schlüssel einmal nach rechts drehen, aber wenn ich sie zuschließen will, zweimal nach links, das werde ich nie verstehen, beim Kamin ist ein gemauerter Sims, belegt mit türkisfarbenen Fliesen, da kann ich, wenn ich will, einen Laden mit Obst aus Papier aufmachen oder meine Puppe hinlegen. Soundso. Soundsostraße Eins A. Wer hat vorher in diesem Haus gewohnt, frage ich meinen Vater. Einer, der krumme Geschäfte gemacht hat mit Geld, sagt mein Vater. Und das Haus war voller Katzen. Haus. Haus. Zu Hause.

Einen langen Flur sehe ich, und am Ende des Flures ein Zimmer, das meins ist. Bett und Schrank, rechts das Fenster, hoch oben. Der Traum von einer Hexe mit einer Axt in der Hand. Ich steige über den Zaun, um zu Hänsel und Gretel zu gelangen, und falle dabei aus dem Bett. Rückwärts. Wieder der unendliche, schlauchartige Flur, eine Frau sitzt jetzt auf dem Boden, hält einen in Bahnen zerschnittenen Teppich auf den Knien und näht diese Bahnen an der Schmalseite zusammen. Um den Boden des Flurs damit zu bedecken, sagt sie. Den hölzernen, unebenen Boden, der sich vor der Tür zu meinem Zimmer im Halbdunkel verliert. Weiter zurück. Linkerhand das Zimmer meiner Eltern. Meine Eltern sind nicht zu sehen. Die Tür steht offen. Drinnen ein schwarzledernes Sofa, darauf eine, die ich nicht kenne, zu Besuch. Weiter. Rechts auf der Wand der Lichtschalter für die Küche. Um ihn schlingt eine Figur ihre Beine aus Draht, hockt auf dem Schalter, ein Dürrer mit Brille. Ich erreiche den Schalter noch nicht. In der Küche ein Tisch, auf dem Tisch ein schmutziges Löffelchen mit dem Gesicht nach unten. Um den Küchentisch eine Bank. Deren Deckel klappe ich auf und sehe Schuhe. Ich stoße gegen den Tisch, das Löffelchen fällt klirrend zu Boden. Hinaus und zurück. Weiter rückwärts. Ein Schrubber, angelehnt an der Wand. Der Wischlappen noch feucht. Und schließlich ein weiteres Zimmer, gleich beim Eingang zur Wohnung, vorn links oder rechts, ich weiß nicht genau, ein Zimmer, das hell ist, darin sitzt jemand und schreibt. Dann stoße ich mit dem Rücken gegen die Tür, gegen die große, weißgestrichene Tür, durch die man eintritt.

Und dann kommt der Abend, an dem ich allein gelassen werde, ich will zu den Nachbarn, finde aber den Weg nicht, im Treppenhaus stehe ich plötzlich am Fuß einer Auffahrt aus Beton, die nirgendwohin führt. Ich warte. War das ein Traum, frage ich meine Eltern. Natürlich, sagen sie, oder glaubst du, wir ließen dich jemals allein. Und was für Beton soll das gewesen sein, fragt meine Mutter, was für ein Treppenhaus überhaupt. Ich weiß es auch nicht genau, sage ich, es war jedenfalls eine Auffahrt aus Beton, ich stand unten, und es war Nacht. Und was für Nachbarn. Ich weiß nicht, sage ich. Aber im Treppenhaus roch es nach Fisch. Wann hast du denn das geträumt, fragt mein Vater. Das ist schon lange her, sage ich. Na, siehst du, gibt er zur Antwort, wenn man ein Kind ist, kann man noch nicht unterscheiden, was Traum und was Wirklichkeit ist. Er nimmt mich in den Arm, meine Mutter lacht und geht in die Küche. Meine Eltern haben viel Platz. Bei mir ist das anders. Der Kopf, den ich bewohne, war schon immer von fremden Träumen möbliert, kommt mir vor. Da falle ich von Zeit zu Zeit hin oder laufe gegen irgendwas oder klemme mich ein. Vater und Mutter.

Du spielst schön, sagt die junge Frau, die sich an mein Klavier lehnt. Der junge Mann sitzt im Sessel daneben, mit übereinandergeschlagenen Beinen, seine Füße wippen im Takt, wenn ich spiele. Er blickt ins Leere und wartet, scheint mir, mit viel Zeit auf etwas, das sich ereignen wird. Ich habe gern gesungen, sagt die junge Frau.

Es hat mir gefallen, sagt sie, daß man alles ausdrücken kann, ohne daß etwas zu sehen ist. Oder anzufassen. Immer ist es nur Luft, die sich bewegt. Man kann sogar singen, sagt sie, ohne daß etwas zu hören ist. Inwendig. Kennst du das? Ja, sage ich. Gehst du gern zum Klavierunterricht, fragt mich die junge Frau. Ja, sage ich. Essen, ruft meine Mutter von unten. Ich muß, sage ich, nicke den beiden zu und verlasse das Zimmer. Die Tür schleift, als ich sie öffne, in einem Halbkreis über den hölzernen Boden. Draußen im Flur ist der Boden aus Stein.

Wir wollten, daß unsere Tochter ein Instrument spielen lernt, sagt mein Vater zu seinem Freund. Der Freund hat einen eckigen weißen Bart, in dem steckt sein Gesicht wie in einer härenen Schale, die Schale nickt und mit ihr das Gesicht, der Mann sagt: Ja, das ist gut, und steckt sich einen neuen Bissen, den er, während mein Vater von mir sprach, auf die Gabel gespießt hat, in den Mund. Sie nimmt Klavierunterricht, sagt mein Vater. Mein Vater sagt nicht: Unsere Tochter lernt, wie man die Luft in Bewegung setzt. Ein Instrument. Ich drücke eine Taste, und die Luft setzt sich in Bewegung. In dem Kasten, der hochkant vor mir steht, spiegeln sich die Augen meiner Lehrerin und meine eignen. Was drinnen vor sich geht, weiß ich nicht. Drinnen wird der Druck meiner Hände verwandelt in die f-moll-Mazurka, das Stück, das man auf dem Totenbett von Chopin fand. Die Gabel ist wohl auch ein Instrument. Während der Mann, der Freund meines Vaters, jetzt kaut, fährt sein Bart auf und ab. Lag da Chopin mit offenem Mund, offenen Augen und hatte das Notenpapier noch in den wächsernen Händen? Wahrscheinlich, sagt meine Lehrerin. Kopf schleift

Papier, Papier schneidet Finger, Finger wickelt die Luft, Luft, Kopf, Musik. Nach dem Essen legt der bärtige Mann die Serviette beiseite und steht vom Tisch auf, um mit meinem Vater in dessen Zimmer eine Zigarre zu rauchen. Das Fleisch hat sich in ihm in Aufstehen und Gehen verwandelt, drinnen in seinem Leib, wie genau, kann ich von außen nicht sehen, sein Hemd wirft nicht einmal mein Spiegelbild zurück, es ist kariert. Man muß essen, sagt meine Tante. Fleisch, Gemüse und Brot werden in Gehen, Husten und Lachen verwandelt, in Haut, Augen, Fingernägel und Haare, der Körper selbst ist das Instrument und spielt sich. Man muß essen, wenn man sich in Bewegung setzen will, man hat keine Wahl. Und trinken, wenn der Verstand klar bleiben soll, sagt meine Tante. Durch die verschlossene Tür hindurch riecht es nach Tabak. Ja, Trinken ist wichtig, sagt sie zu meiner Großmutter. Und wenn meine Großmutter nicht dabei ist, sagt sie zu meiner Mutter: Sie war schon manchmal verwirrt, weil sie nicht genug getrunken hatte. Unsere Tochter lernt ein Instrument spielen, sagt mein Vater. Die Musik selbst kann ich nicht greifen.

Ein kleines Haus. Es geht mir nicht einmal bis zu den Knien. Offen nach vorn, man kann ins Erdgeschoß und in den Dachboden hineinschauen. Im Erdgeschoß liegen drei Difunta Correas aus Gips nebeneinander, je ein gipsernes Kind an der Brust. Die Farbe, mit der ihre Kleider rot oder blau bemalt sind, blättert schon ab. Im Dachgeschoß stehen Einweckgläser mit Blumen. Und da, wo der Garten der Heiligen wäre, vor dem Haus, sind einige Flaschen in die Erde gesteckt, halb oder ganz mit Wasser gefüllt und gut zugeschraubt. Das Haus muß nicht groß sein, weil die Difuntas ja nicht mehr aufstehen werden. Und ihre Kinder nicht wachsen, im Altar jedenfalls nicht. Was meinst du, frage ich meine Amme, ob das Kind in Wirklichkeit schon ein Greis ist? Vielleicht, sagt meine Amme. Oder vielleicht schon Urenkel hat. Vielleicht, sagt meine Amme. Der kleine Altar, vor dem wir stehen, ist neben einer Bushaltestelle im staubigen Gras aufgebaut. Meine Amme hat ihn auf der Fahrt nach Hause entdeckt, sie wollte, daß ich das sehe, denn hier zum Beispiel, hat sie gesagt, bekommen die Heilige und ihr Kind endlich Schatten.

Bei einem Halt auf der Rückfahrt steigt vorn eine Frau ein, hinter ihr kommen zwei Männer. Als sei es ein Tanz, überholen die beiden Männer sie rechts und links, auf der Mitte des Gangs, der Bus steht mit laufendem Motor und wartet, die Frau sieht die Männer und will sofort umkehren, zur vorderen Tür wieder hinaus, da packen die Männer die Frau bei den Haaren, die Frau fängt an zu schreien, die Männer ziehen die Frau an den Haaren nach hinten, und als die Schreiende jetzt hinfällt und versucht, sich mit den Händen irgendwo festzuhalten, und schließlich doch in sich verdreht an uns vorbeigezogen wird, beginnt meine Amme zu rufen: Nicht bei den Haaren! Nur nicht bei den Haaren! Aber die Männer scheinen nicht zu hören, was meine Amme ruft, und dann sehe ich, wie die Frau, die den Männern nicht folgen will und deshalb ihre Füße nicht mehr bewegt, jedoch unlösbar mit ihren Haaren verbunden ist, bei einer der hinteren Türen aus dem Bus fällt, den Männern entgegen, die schon vor ihr ausgestiegen sind, und sie nun zu sich ziehen, dann erst klingelt die Klingel, die wie üblich das

Zeichen zur Weiterfahrt gibt, um eventuell spät Ein- oder Aussteigende vor den sich schließenden Türen zu warnen, die Klingel vermischt sich mit den Schreien der Frau, die erst leiser und schließlich unhörbar werden, als der Bus seine Türen zumacht und die Fahrt wieder aufnimmt. Erst dann merke ich, daß aus meiner Nase Blut auf mein rosakariertes Kleid tropft, meine Amme sagt, das waschen wir aus, wenn wir zu Haus sind, mit kalt Wasser.

Auf dem Heimweg beuge ich den Kopf nach hinten und versuche, mit einem Tuch das immer weiter rinnende Blut zu stillen, ich schaue nach oben und sehe den Himmel, meine Amme führt mich an der Hand, damit ich nicht stürze, sie sagt: Vorsicht ein Bordstein, warte, ein Auto von rechts, ein kleiner Hund. Unter meinen Schuhen weiß ich das glatte, glänzende Pflaster der Stadt, in der ich wohne, steinerne Inseln: schwarz, grau und weiß, aber ich sehe nur Wolken, fernes Wasser, das an uns vorüberzieht, regnen tut es hierzulande fast nie, meine Amme zieht mich am Ellenbogen zu sich und sagt: Da war ein Käfer. Ich sehe die Sonne, blind heute für die große, dampfende Tasse, die als ein Mosaik aus Pflastersteinen in den Boden gelegt ist, auf dem Fußweg der großen Straße, an der stumpfen Ecke, wo das Café ist, wenige Häuserblöcke von unserem Garten entfernt. Ich höre die Leute reden, die dort sitzen, höre, wie sie die Zeitung umblättern, mein Blick weißgebrannt von der Sonne. Wir biegen links ein. Aus dem Laden, in dem meine Mutter immer die Schuhe zur Reparatur bringt, dringt Radiomusik, ich weiß, daß die Rolläden heruntergelassen sind, sehe den Himmel und weiß, daß der Laden dennoch geöffnet hat und der Besitzer im schattigsten Winkel des Ladens an einer großen Maschine sitzt, die nach Öl riecht, und seine Kunden erwartet. Ich sehe ein Flugzeug hoch oben am Himmel, sehe es, bevor ich es höre, sehe den weißen Streif, den es ins Blau ritzt, da sind meine Eltern drin, die fliegen jetzt nach Alaska, da fliegt meine Mutter, die ist auf der Reise nach Rom, da oben im Flugzeug sitzt heute mein Vater, der fliegt ganz ganz weit weg, wohin denn, ganz weit, na, wenn du das nicht mal weißt, dann stimmt das auch nicht, doch, mein Vater, der fliegt sogar übers Meer, na, und, wohin denn. Mangos und Apfelsinen und Erdbeeren, ein süßer Geruch, für zehn Schritte kommt der Himmel mir näher und ist auf einmal grün-gelb gestreift, die Markise ein Dach für Früchte und Käufer, mit einer Kurbel zieht der Gemüsehändler sie jeden Tag nach der Mittagspause aus der Wand, oder sind die Früchte schon von der Sonne verdorben und riechen faulig, nein, nein, sagt die Amme, sie sehen schön aus und haben Schatten. Ein paar Schritte weiter streiten sich Kinder auf den Stufen der Eisdiele um ein paar Münzen, heute kann ich dir nicht einmal ein Eis kaufen, sagt meine Amme, und lenkt meine Füße nach rechts, dorthinein, wo es stiller wird, in unsere Straße. Vor unserem Gartentor machen wir Platz für den Mann, der das Gras zwischen den Steinen ausbrennt. Sein Gerät sehe ich nicht, höre nur das heisere Flackern. Nein, sage ich, aber morgen.

Wenn meine Mutter wegen des noch immer aus meiner Nase rinnenden Bluts mein Gesicht so lang unter kalt Wasser hält, bis es versteinert, meine Amme kümmert sich indessen um das rosakarierte Kleid, aber auch sonst, wenn meine Mutter mir mit einem Ruck ein Pflaster vom Knie zieht, oder mir die Haare mit einem Kamm kämmt, der in meinem Haar steckenbleibt, und sie dann sagt, nein, deine Haare, wenn sie mir zeigt, wie man eine Feinstrumpfhose nach oben zieht, und mich dabei aufwärts in Strumpfhose und Bein zwickt, immer dann möchte ich sehen, wie sie die Treppe hinunterfällt, oder aus dem Fenster hinausstürzt, wie sie sich beim Brotschneiden aus Versehen ersticht. Immer, wenn sie sagt: Es tut nur ganz kurz weh, aber dafür ist es hinterher besser, oder: Es zwickt zwar ein bißchen, aber du bist ja schon groß. Wer schön sein will, muß leiden, sagt sie. Schön sein, schön sein, eine Ratte im Leib, den Kopf in der Jauche, schön sein. Immer, wenn meine Mutter mir weh tut, ganz kurz, nur ein bißchen, es dauert nicht lange, sei tapfer, immer dann möchte ich sehen, wie sie ihren Kopf im Echo des Schlages, den ich ihr ins Gesicht geben würde, seitwärts von mir wegbiegt und endlich still ist.

Vater, sage ich, sie haben die Frau einfach mitgenommen. Wir sitzen im Wohnzimmer auf dem Teppich, ich schneide für die Schule Buchstaben aus schwarzem Velourspapier aus, mein Vater hockt neben mir auf dem Teppich und sortiert die Buchstaben, die ich ausgeschnitten habe, nach Wörtern. Und obwohl die Amme gebeten hat, die Frau nicht bei den Haaren zu ziehen, haben sie sie an den Haaren aus dem Bus hinausgezogen. So, sagt mein Vater. Die Mutter nebenan in der Küche brät, wäscht Salat, rührt und schneidet. Was hattest du denn in dieser Gegend verloren. Hoch lebe, lese ich, schwarz geschrieben, auf unserem Teppich. Es ging um die Difunta, sage ich. Wer ist denn das, fragt mein Vater. Eine

Heilige, sage ich, sie hat dort einen Altar. So, sagt mein Vater. Was meinst du, warum diese Männer die Frau mitgenommen haben, frage ich meinen Vater. Eifersucht, sagt er, Betrug, Liebe, irgendeinen Grund werden sie schon gehabt haben. Meinst du, daß es ihr jetzt wieder gutgeht? Sicher, sagt mein Vater.

Die Eisenbahner haben gestern versucht, die Reifen sämtlicher Busse zu zerschießen. Die Eisenbahner?, frage ich Anna. Ja, sagt sie, du hast die Schüsse doch selber gehört. Jaja, sage ich. Und deshalb wird das Eisenbahnfahren ab heute verboten. Ach so, sage ich. Von heute an, sagt meine Freundin, ist in der Bahnhofshalle und auf den Schienen ein Marktplatz.

Wir könnten die Schuhe dort kaufen, sage ich zu meiner Amme. Der Schuhladen, in dem wir sonst Schuhe für sie ausgesucht haben, ist heute aus technischen Gründen geschlossen. In dem Laden habe ich mit Marie, der Tochter der Amme, die im Grunde genommen meine Milchschwester ist, hinter den schräg aufgestellten Spiegeln immer Verstecken gespielt, während die Amme sich verschiedene Schuhe über die knochigen Feenfüße zog und ein paar Schritte auf und ab ging, um zu probieren, welche ihr paßten. Die Amme studiert lange das Schild, das auf dem heruntergelassenen Rolladen des Geschäftes klebt und aus dem nicht genau hervorgeht, ob das Geschäft nur heute geschlossen hat, oder vielleicht auch morgen, aber Marie nimmt mich schon bei der Hand und zieht mich fort, Richtung Bahnhof.

Daß die Wirklichkeit so schnell von dem Verbot erfahren hat, denke ich, als ich sehe, wie schäbig die Kuppel der Bahnhofshalle auf einmal aussieht. Tücher sind ausgespannt, um zu verhindern, daß den Leuten der Putz auf den Kopf fällt. In den Fahrkartenschaltern und auf den Bahnsteigen haben sich die Händler schon eingerichtet, sie bieten Taschen an oder Tücher, Süßigkeiten, Kabel, Blumen und Haushaltsgeräte. Die Waren verstellen beinahe überall die Sicht auf die Gleise, nur hin und wieder stürzt der Blick zwischen Turnschuhen und Uhren in eine geschotterte Schlucht und rutscht ab in die Ferne. Man kann noch immer zu Fuß gehen. Die Schuhe sind billig.

Mit dem Auto sind wir ohnehin schneller dort, sagt mein Vater. Aber. Der Geruch nach Eisen, die schmutzigen Scheiben, das angepinkelte Klo, wenn ich spülte, sah ich durch ein Loch die Erde unter mir fliegen, der Schritt von einem Waggon in den nächsten, jedesmal die Angst, der Zug könnte reißen, Fremde, die Brötchen und Eier in ihre Münder steckten und hörbar kauten, Sitzbänke, die durch einen Handgriff in Liegen verwandelt werden konnten, schlafen im Zug, träumen im Takt der Schwellen, dann aufwachen und schon da sein. Wenn ich wieder zu Haus bin, muß ich die alten Bilderbücher vom Dachboden holen und die Lokomotiven herausschneiden. Samt Rauch und Schaffner.

Zu den Eltern meines Vaters müssen wir tief ins Land hinein fahren. An der Bahnstrecke waren keine Altäre, weil dort niemand zu Fuß unterwegs war. Aber vom Auto aus sehe ich jetzt am Straßenrand hin und wieder

Berge von Flaschen, wassergefüllte, durchsichtige Gebirge zu Ehren der Difunta. Meine Mutter sagt, was für eine Sitte, den Müll einfach in der Landschaft abzuladen. Mein Vater sagt, Zeit, daß Ordnung gemacht wird. Meine Eltern geben mir eine Wasserflasche nach hinten. Ich trinke. Auto.

Einmal im Jahr fahren wir zu den Eltern meines Vaters. Wir bleiben immer die vier Tage über Pfingsten. Meine Großmutter spricht hoch und schnell, mit der Stimme eines Kindes, lange Zeit war ich fest überzeugt, jedes der Löckchen, die ihr eng am Kopf kleben, sei eins ihrer Worte. Mein Großvater hat viel Kraft. Er preßt bei der Begrüßung erst meine Hand, so daß der Ring, den ich trage, ein Geschenk meiner Amme, tiefrote Abdrücke in den benachbarten Fingern hinterläßt. Danach zieht er mich an der Hand zu sich heran und schließt mich in seine Arme, ich muß bei dieser Umarmung immer an die Maschine des Mannes denken, der im schattigsten Winkel seines Ladens unsere Schuhe repariert, die Umarmung mit meinem Großvater fühlt sich so an, als würde ich mich wie ein Schuh in diese Maschine hineinbegeben, und ich rechne damit, daß mir bei dieser Behandlung irgendwann einmal die Ohren vom Kopf gerissen werden.

Mein Großvater ist ein Geschäftsmann. In der Stadt, in der mein Vater ein Kind war, habe ich niemals jemanden gesehen, der nicht zurückgegrüßt hätte, wenn mein Großvater Guten Tag gewünscht hat. Er handle mit Grundstücken, sagt mein Vater, und es gebe beinahe kein Haus und kein Stück Land hier, das nicht irgendwann einmal durch seine Hände gegangen wäre. Kein Wunder, denke ich, wenn mein Großvater mit diesen Händen, mit denen er Tag für Tag Häuser und Ländereien festhält und losläßt, aus Versehen einmal ein Mädchenohr abreißen würde. Weißt du eigentlich, sagt die Mutter meines Vaters mit ihrem gelockten Stimmchen zu mir, ich decke gerade den Tisch, sie liest Zeitung, weißt du eigentlich, sagt sie und schaut über die Zeitung, so daß sie mich beobachten kann, wie gut du es bei deinen Eltern hast. Ja, sage ich. Solche Eltern kann man sich suchen, sagt sie, und wartet, was ich darauf sage. Ich sage: Ich weiß, und gehe zum Schrank, um das Besteck herauszunehmen. Am Nachmittag, als ich vom Garten schnell in die Küche will, um mir etwas zu trinken zu holen, die Tür zum Wohnzimmer ist nur angelehnt, höre ich, wie meine Großmutter mit ihrem geringelten Stimmchen drinnen gerade zu meinem Großvater sagt: Sie hat von Natur aus etwas Verwöhntes, da richtet man mit Erziehung nichts aus. Und wie mein Großvater ihr zur Antwort gibt: Kann schon sein. Vielleicht will er mir deshalb an die Ohren, damit ich nicht höre, wie er und seine Frau heimlich über mich sprechen. An Pfingsten redeten die Jünger zu jedem Menschen in dessen eigener Sprache, hat mir mein Vater, während wir dieses Jahr zum ersten Mal mit dem Auto zu seinen Eltern fuhren, erklärt. Jeder konnte das Wort Gottes verstehen. Und wo war Jesus zu Pfingsten? Jesus war zu der Zeit schon tot und auferstanden. Wie sieht einer aus, wenn er auferstanden ist, frage ich. So wie immer, sagt er, nur man kann ihn nicht greifen. Aber seitdem sind die Sprachen wieder getrennt, frage ich. Ja, sagt mein Vater. Daran muß ich denken, als ich durch die Tür hindurch höre, wie meine Großeltern am Sonnabend vor Pfingsten schlecht von mir sprechen.

Die Kirchenbänke, auf denen mein Vater schon gesessen hat, als er ein Kind war, sind schmal und hart. Am Kreuz vorn ist Jesus festgenagelt. Im Anfang war das Wort, sagt der Mann, der auf der Kanzel steht. Mit blanken Augen blickt meine Großmutter auf den Sprechenden, ihre Löckchen hellwach, während mein Großvater durch das Kirchengemäuer hindurchzuschauen scheint und mit seinen eisernen Kinnbacken irgend etwas Gewaltiges malmt, vielleicht rodet er in Gedanken ein Grundstück. Mein Vater hält meine Hand, meine Mutter mit den wasserfarbenen Augen ist in diesem Kirchenschiff, im Innersten unseres Landes, auf einmal eine Fremde, sie schlägt den Blick nieder, richtet ihn während der ganzen Predigt auf ihre blaulederne Tasche, die an einem Haken unter der Ablage für das Gesangbuch hängt, ein Geschenk meines Vaters. Vorn am Kreuz ist Jesus festgenagelt. Der Mann auf der Kanzel erzählt von der Schöpfung, und so, wie ich ihn verstehe, hat die Wirklichkeit nur noch die Worte Gottes bis zum Rand mit alldem gefüllt, wovon Gott, als er noch niemanden zum Reden hatte als sich allein, sprach: Die Bäume sind in sein Wort Baum hineingewachsen, die Fische seinem Wort Fisch hinterhergeschwommen und schnell hineingeschlüpft zwischen die Schuppen, die durch sein Reden von Schuppen schon da waren, die Vögel sind ihrem von Gott schon ausgesprochenen Gefieder bis zum Himmel gefolgt und haben es übergestreift, und Adam und Eva haben die Worte Adam und Eva mit Blut, Knochen, Nieren, Gedärm, Herz, Augen, Mund und allem übrigen, wovon Gott mit sich selber redete, als er noch allein war, gefüllt. Solche Eltern kann man sich suchen. Vorn am Kreuz ist Jesus festgenagelt. Warum gibt es dann unter den Menschen so viele verschiedene Sprachen?, frage ich meinen Vater, als wir nach dem Gottesdienst Hand in Hand zum Haus seiner Eltern zurückgehen. Da kann jetzt jeder kommen und irgendein Wort von dem Ding, zu dem es gehört, forttragen, frage ich, oder es einem anderen Ding überwerfen wie eine Decke, jeder, der spricht, kann ein Dieb sein. Oder. Und jeder der schweigt, genauso. Brauchst du denn das Wort Stuhl, um auf einem Stuhl zu sitzen? Nein, sage ich. Na, also, sagt mein Vater. Und wenn einer sagt, ich sitze, und du siehst, er steht, brauchst du dann das Wort Stuhl? Nein, sage ich. Was du greifen kannst, davon mußt du nicht reden. Aber was ist dann mit den Auferstandenen, will ich fragen, doch in dem Moment sind wir beim Haus meiner Großeltern angelangt und mein Vater hält allen die Tür auf. Sie hat von Natur aus etwas Verwöhntes, haben meine Großeltern von mir gesagt, als sie dachten, daß ich es nicht hören würde. Vielleicht liegt es daran, daß die Eisenbahn abgeschafft ist, daß man auf den Wörtern nicht mehr wie auf Schienen dahinfahren kann, auf immer demselben Weg zu demselben Ding hin. Erst neuerdings, seit wir zu Fuß oder mit dem Auto unterwegs sind, habe ich wieder Gabelungen gesehen, Kreuzwege, oder alte und neue Straßen, die parallel in die gleiche Richtung führen, auch Gegenden ganz ohne Weg, und selbst dort ist ein Fortkommen, querfeldein. Seit die Eisenbahn abgeschafft ist, können die Wörter den Dingen auf jede mögliche Weise davonlaufen, sich im Gestrüpp verstecken oder in den Bergen. Bäume, Fische und Vögel stehen schweigend irgendwo da, während jemand, der sie womöglich niemals gesehen hat, von ihnen spricht, oder jemand, der sie gesehen hat, nicht von ihnen spricht. Vorn in der Kirche, am Kreuz, ist Jesus festgenagelt. Kirchenbänke, Tischtücher, grüne Zweige, Jesus am Kreuz, den Körper gewunden, die Kanzel, deren Dach mit hölzernen Früchten und Blättern schwer beladen ist, der Haken, an den man die Handtasche hängen kann, blanke Augen, Kinnbacken aus Eisen, die warme Hand meines Vaters, die wasserfarbenen Augen meiner Mutter, die sie hier zu verbergen versucht, und Jesus, der immer und überall in jeder Kirche, aber auch auf Straßen, Plätzen und Höfen, in Zimmern, Ecken, Nischen und über den Betten der Menschen ans Kreuz geschlagen ist. Gott muß, bevor er mit der Schöpfung begonnen hat, sehr einsam gewesen sein, sonst redet einer doch nicht mit sich selbst von Nieren und Knochen.

Die Difunta ist auch ohne Weg quer durch die Wüste gegangen, sage ich zu meiner Amme, als wir von unserer Pfingstreise zurück sind, wir gehen auf der schattigen Seite der Straße, meine Mutter hat uns zum Einkaufen in die Markthalle geschickt. Schritt für Schritt hat sie sich entscheiden können, welche Richtung sie einschlägt, und ist dennoch nur bei ihrem Tod angekommen. Fleisch, Fisch und Gemüse, dieser frische und gleichzeitig rohe Geruch, und darunter, wie eine Grundierung, der Geruch nach verdorbenen Waren vom Morgen, die in Körben hinter der Halle gestapelt und nachmittags von dort abgeholt werden. Alles war frei, aber sie ist trotzdem genau bei ihrem Sterben angekommen, sage ich zu meiner Amme. Jedesmal, wenn wir die Halle betreten, blicke ich auf die abgerissenen Blätter von Rüben und Kohl, ganz weich unter den Schritten, schon schwarzgetreten von andern, und wundere mich, wie schnell das geht, daß etwas, das noch gestern lebendig war, schlecht wird und stinkt. Der Weg war zu lang für sie, aber sie konnte es vorher nicht wissen, sagt meine Amme. Heute nehme ich den Geruch nach verdorbenen Lebensmitteln deutlicher wahr als sonst, er ist, scheint mir, heute stärker als der Geruch nach Lebendigem, Frischgeschlachtetem oder -gefischtem. Wäre die Wüste nicht so endlos gewesen, hätte sie sich nicht zu Tode gelaufen, sagt meine Amme. Es hätte auch gutgehen können. Alles, was hier zu sehen ist, will gekauft sein, hat sie früher öfter zu mir gesagt, wenn wir in der Markthalle einkauften, und dann war mir, als hörte ich Fische, Fleischstücke und Gemüse so lange rufen, bis jedes, oder doch beinahe jedes, seinen Käufer gefunden hatte. In dieser Markthalle wurde mir zum ersten Mal klar, daß ich in einer sehr großen Stadt zu Haus war. Hätte es Wege gegeben, wäre sie sicher jemandem begegnet, der ihr und ihrem Kind hätte zu trinken geben können, sage ich zu meiner Amme. Wir kaufen Äpfel, Weintrauben und Kartoffeln. Erst, als wir uns vor meinem Haus verabschieden, die Amme gibt mir den Korb, sagt sie zu mir: Marie ist nicht nach Hause gekommen. Schon seit drei Tagen. Ehe ich antworten kann, dreht sie sich um und geht, und es kommt mir so vor, als sähe ich zum ersten Mal ihren Rücken. Ihr habt die Zwiebeln vergessen, sagt meine Mutter, als ich ihr den Korb hinstelle, ihr hattet doch einen Zettel.

Mein Vater nimmt mich auf den Schoß. Ich lege mich flach auf seinen Bauch und mache mich krumm, damit mein Kopf zwischen seinen Kopf und die Schulter zu liegen kommt. Er wiegt mich hin und her und singt dazu leise das Lied von der Heimat, ein Lied, das in Moll steht, meines Vaters und mein Lied, so sitzen wir oft beieinander, aber während er tatsächlich singt, lasse ich meinen Atem nur in einzelnen Tönen heraus, wie es mir gerade einfällt, ganz leise. Manchmal passt mein Atem zu dem, was er singt, oft auch nicht, dann klingt alles schief und reibt sich aneinander, aber auch das gefällt ihm und mir. Ich singe ihm meine Töne ganz leise von außen auf seine Haut, in seinen Hals hinein, und höre dabei durch Hemd und Schulter hindurch, wie in meinem Vater das Blut fließt. Nochmal.

Finger weg, sagt meine Mutter, du siehst doch, der ist wild. Der Hund, den ich streicheln will, läuft seit der Ecke, an der das Café ist, neben mir her. Aus dem Nichts ist er aufgetaucht. Aus dem steinernen Rauch vielleicht, der aus der Kaffeetasse aufsteigt, die als Mosaik in den Fußboden gelegt ist. Das Café hat seit einigen Tagen geschlossen. Hund. Dreckig ist der, das siehst du doch, sagt meine Mutter. Der Hund bleibt an meiner Seite. Der hat ja nicht einmal ein Halsband, sagt meine Mutter. Das stimmt. Er hat kein Halsband und keine Leine. Was meinst du, frage ich meine Mutter, wer einem solchen Hund auch noch Halsband und Leine wegnimmt. Der hat niemals Halsband und Leine gehabt, sagt meine Mutter, der war immer schon wild, das siehst du doch, der ist nur aus Gier in die Stadt gekommen, um Abfall zu fressen. Einschläfern müßte man den, sagt meine Mutter. Wie die Ratten vermehren sich die, sagt sie, kommen in die Stadt, fressen sich voll, und vermehren sich dann wie die Ratten. Ich lasse die Hand meiner Mutter los und sage: Sitz! zu dem Hund, meine Mutter sagt: Komm jetzt, wir müssen, der Hund setzt sich, meine Mutter sagt: Na, dann eben nicht, und geht weiter. Platz! sage ich zu dem Hund, und der Hund legt sich. Ich laufe meiner Mutter nach, der Hund gehorcht mir, rufe ich, hast du gesehen. Jaja, sagt sie und nimmt mich wieder an der Hand. Ein paarmal drehe ich mich noch nach dem Hund um und sehe, er ist an der Stelle, die ich ihm angewiesen habe, liegengeblieben.

Warum darf ich eigentlich nie allein irgendwo hingehen, frage ich meine Mutter. Weil man nie wissen kann, was passiert, sagt meine Mutter. Wir betreten den Park, in dessen Mitte ein großer steinerner Mann steht. Sonst ist da niemand, aber in einem Land, in dem beinahe immer die Sonne scheint, geht keiner gern um die Mittagszeit spazieren, nicht einmal im Schatten. Oder wird jeder, der hier allein spaziert, in Stein verwandelt, frage ich meine Mutter. So ein Blödsinn, antwortet sie und geht weiter.

Du hast deinem Vater von unserem Ausflug erzählt, nicht wahr, fragt mich die Amme und lächelt. Sie ist gekommen, um sich von mir zu verabschieden. Ja, sage ich. Stell dir vor, sage ich, er hatte noch nie von der Difunta gehört. Dafür weiß er andere Dinge, sagt die Amme und lächelt. Sicher, antworte ich ihr. Mein Vater kennt sich mit den Strömungen aus. Sag deinen Eltern Bescheid, sagt die Amme, sag ihnen, ich sei, ohne daß ich es bisher gewußt hätte, schwer krank und dürfe nicht mehr arbeiten. Was hast du denn?, frage ich. Sag ihnen, ich müsse mich jetzt mehr um meinen alten Vater kümmern, der außerhalb unserer Stadt wohnt. Wo wohnt denn dein Vater? Sag ihnen, ich glaube, es täte dir gut, jetzt einmal allein deinen Weg zu gehen. So, sage ich. Dann steht sie auf, umarmt mich, noch immer lächelnd, und geht. Als ich ihr vom Fenster aus nachblicke, sehe ich: Die olivfarbene Handtasche, aus der sie damals das Kärtchen mit dem Bild der Difunta hervorgeholt hat, baumelt, so wie ich es von all unseren Spaziergängen kenne, an ihrem Arm.

Es gibt manches, das jetzt zentral geregelt wird, sagt mein Vater, als ich ihm erzähle, daß die Kaffeetasse an der Ecke, wo das Café war, inzwischen schon einen Bart aus Gras hat, und auch der steinerne Dampf, der aus ihr aufsteigt. Du siehst ja, sagt er, das Café hat sich nicht halten können. Das stimmt, denke ich, denn in der letzten Zeit, bevor es geschlossen wurde, habe ich immer weniger Leute darin sitzen sehen. Halsabschneider sind das gewesen, sagt mein Vater, oder glaubst du, die Leute möchten sich für eine Tasse Kaffee ruinieren. Die Stadt verkommt, sagt mein Vater, wenn einzelne Leute, die nur an sich denken, das Sagen haben. Mir fällt der Satz meiner Prüferin in der Musikschule ein: Nur, wer Sinn für Schönheit hat, kann musizieren. Und der Mann, der vor unserem Haus immer das Gras ausbrennt? Der ist im Urlaub, sagt mein Vater.

Unser Klavier haben jetzt andere Leute, höre ich hinter mir jemanden sagen, als ich gerade das Fenster zumachen will, weil es draußen schon wieder so heiß ist. Ich drehe mich um und sehe das rothaarige Mädchen, das damals die Prüfung für die Musikschule nicht bestanden hat, auf meinem Sofa sitzen, seine Beine baumeln herunter und sind noch immer so kurz, daß das Mädchen, selbst wenn es Klavier spielen könnte, gar nicht an die Pedale heranreichen würde. Warum bist du eigentlich seitdem nicht gewachsen, will ich gerade fragen, aber da geht die Tür leise auf und die Aufwartefrau serviert uns auf einem Tellerchen Kekse. Ich dachte, ihr freut euch, sagt sie und lächelt, dann läßt sie uns wieder allein. Und auch den Tisch, an dem ich schreiben gelernt habe, sagt das Mädchen. Und die Kristallsammlung meiner Mutter. Als das Mädchen jetzt aufsteht, um mir den Teller hinüberzureichen, ist in den Sofakissen nicht einmal ein Abdruck seines Körpers zu sehen, so wenig Gewicht hat offenbar dieses Mädchen.

Dein Vater arbeitet schwer, sagt meine Mutter. Von links kein Auto, von rechts kein Auto, dann schnell über die Straße. Wir holen meinen Vater von der Arbeit ab, wie jeden Freitag. In dem Haus, in dem mein Vater für Ordnung sorgt, schlägt ihm wahrscheinlich auch schon das Gras um die Knie. Mit einem Messer muß er sich zur Ordnung durchschlagen, und wenn er sie endlich erreicht hat, um ihr zu essen und zu trinken zu geben, schlägt sie nach ihm aus, beißt und kratzt ihn, undankbar ist sie, die Ordnung. Viele gibt es in der Stadt, die keinen Sinn für Schönheit haben, viele, die das Geschenk, das ihnen gemacht wurde, nicht zu schätzen wissen und das, was ihnen anvertraut ist, verkommen lassen. Mensch sein sei eine Arbeit, hat mein Vater einmal gesagt, und ich kann selbst sehen, wie die Natur sich zurückholt, was nicht jeden Tag gegen sie aufrechterhalten wird. Um nicht vom Meer ins Meer gerissen zu werden. Es gibt manches, das jetzt zentral geregelt wird, hat mein Vater gesagt, es ist eine Zeit des Übergangs, wir beschreiten neue Wege. Wir gehen da, wo noch niemand gegangen ist. Wer sein Auto verkaufen will, stellt es an den Straßenrand, eine leere Flasche aufs Dach. Ich weiß die steinernen Teppichmuster der Stadt unter meinen Füßen, grau, schwarz und weiß, auf denen ich früher, wenn ich mit meiner Mutter hinausging, immer von Insel zu Insel gesprungen bin: Diejenigen welche. Dann deren Freunde. Die sich erinnern. Die Angst haben. Und zum Schluß alle. Entweder immer auf Schwarz oder immer auf Weiß oder immer auf Grau, an der Hand meiner Mutter. Neue Wege. Das Gras hat längst schon begonnen, Schwarz, Weiß und Grau zu überwachsen. Grün. Jetzt kann ich gradaus gehen, quer über Inseln und Meer. Neue Wege beschreiten, da, wo noch niemand gegangen ist. Da, wo das Gras wächst. Mein Vater kennt sich mit den Strömungen aus. Arbeit.

Wenn die Amme jetzt da wäre, könnte ich sie fragen, warum dort in der Wüste, wo die Difunta gegangen ist, kein Gras wuchs. Die Difunta hat doch auch einen Weg eingeschlagen, den vorher noch niemand gegangen war. Oder waren dort schon so viele gegangen, daß das Gras überall niedergetreten war. Ist es das, was man Wüste nennt? Dann müssen alle die aber zu der Zeit, als die Difunta dort ging, schon wieder fort gewesen sein, sonst hätte ja irgend jemand die Heilige, bevor sie verdurstet war, noch gefunden. Oder. Mein Vater, mein Vater. In anderen Ländern, in denen eine Zeitlang im Jahr auf alles Schnee fällt, kann sich jemand, der für die Ordnung sorgt, vielleicht ausruhn, aber hier, wo immer die Sonne scheint, wächst immerzu alles, gleichzeitig blüht alles, trägt Früchte und wirft Blätter ab, ohne Pause. Nur in der Wüste nicht. In der Wüste könnte mein Vater sich ausruhn.

Schön, daß du da bist, sage ich zu Marie, der Tochter der Amme. Früher hat meine Mutter nie erlaubt, daß sie zu uns nach Haus kommt, aber heute steht sie, als ich mein Zimmer betrete, am Fenster und sieht zu dem Berg hin. Ich sehe Marie, und sehe durch sie hindurch auf den Berg, und der Berg, dem der Fensterrahmen immer zu eng war, hat jetzt Platz im Leib von Marie. Ich ziehe für sie einen Stuhl an den Tisch, damit sie sich zu mir setzen kann, auf dem Tisch steht schon ein Teller mit Kuchen. Den hat eure Aufwartefrau mir gebracht, sagt Marie. Aber das Essen ist nicht so einfach für mich, sagt sie, und erst jetzt, als sie sich umdreht, sehe ich, daß sie keine Hände mehr hat, kurz über dem Gelenk sind sie ihr abgeschnitten. Marie setzt sich neben mich und verbirgt ihre unvollständigen Arme im Schoß, als müsse sie sich ihrer schämen. Ich weiß nicht, ob der Schuhkarton mit den Händen ins Gras gefallen ist oder zwischen die Blumen, sagt sie. Als ich ihr über den Kopf streichen will, ist nur Luft da.

Aber wenn man sie täglich zurechtstutzt, können sie zweihundert Jahre alt werden, sagt meine Mutter, und entwindet mir wieder die Schere, die ich nicht zurückgeben will, sie zeigt mit der Schere in der Hand auf ihre Bäumchen, die nicht höher sind als ein Kohlkopf. Weil sie sich mehr konzentrieren müssen aufs Wachsen. Meine Mutter hat sich nie für unseren Garten interessiert, sondern immer schon diese Landschaften gesammelt, die man in tönernen Schalen aufs Fensterbrett stellen kann, in denen die Berge so groß sind wie Kiesel und die Bäume sich in sich selbst verknoten, weil in die Höhe kein Weg führt. Der Widerstand fordert sie, sagt meine Mutter. Und dadurch stecke in jedem der zwergenhaften Stämme mehr Kraft als in einem ganzen Wald, der ohne menschliche Hilfe einfach so vor sich hin wächst.

Sie hat es ja nie leicht gehabt mit diesem Mann, und jetzt das, sagt meine Mutter zu ihrem Bruder, meinem Onkel. Die Frau meines Onkels, meine angeheiratete Tante, sagt: Wenn sie ihr Auto verkauft, kann sie die Beerdigung allein zahlen. Wir müßten ihr wenigstens anbieten, zu uns zu kommen, sagt meine Mutter, sie ist immerhin unsere Schwester. Das wird sie nicht wollen, sagt meine Tante. Der Bruder meiner Mutter, mein Onkel, sagt: Für sie muß das schrecklich gewesen sein, sie stand ja daneben. Und ihr ist nichts passiert?, frage ich. Überhaupt nichts, sagt mein Vater. Ein Wunder, sagt meine Großmutter. Meine Mutter sagt: Nicht ein Haar wurde ihr gekrümmt. Da war wieder Platz für ein Wunder, weil dieser weit entfernt lebende, mit der älteren Schwester meiner Mutter verheiratete Onkel allein gestorben ist, denke ich. Ein Auto ist von der Straße abgekommen und hat ihn auf dem Bürgersteig überfahren. Vielleicht lag Schnee, dort, wo ich noch niemals war, im Süden unseres Landes. Und deshalb ist das Auto von der Fahrbahn abgerutscht. Unser Land ist größer, als du dir vorstellen kannst. Der Fahrer war wahrscheinlich betrunken, sagt meine Großmutter. Die Schwester meiner Mutter, meine weit entfernt lebende Tante, hatte sich bei ihrem Mann untergehakt, aber nur er wurde von dem Auto fortgerissen und ein Stück mitgeschleift, dann ist er liegengeblieben und gestorben. Wie ich sie kenne, will sie uns nicht einmal zur Beerdigung dabei haben, sagt meine angeheiratete Tante. Meine Großmutter sagt: Ich fahre auf jeden Fall hin. Ich habe meine weit entfernt lebende Tante, die jetzt eine Witwe ist, und den angeheirateten Onkel, der von einer Minute auf die andere von ihrer Seite gerissen wurde, nur einmal gesehen. Die beiden sind uns nur ein einziges Mal besuchen gekommen, als meine Großmutter sich zu ihrem achtzigsten Geburtstag gewünscht hat, alle ihre Kinder noch einmal um sich zu haben. Ich erinnere mich noch gut an diesen Onkel, der immer sehr vieles sagte, worauf auf der anderen Seite, bei meiner Mutter, meinem Vater, dem Bruder meiner Mutter, meiner angeheirateten Tante und sogar bei meiner Großmutter immer sehr viel Schweigen eintrat. Ich erinnere mich nicht im einzelnen an das, was dieser Onkel sagte, nur an einen Satz, der wie ein Refrain wiederkehrte und jeden Gedankengang, den er äußerte, abschloß: Und das ist eben einfach nicht wahr, das stimmt eben einfach nicht, sagte er von Zeit zu Zeit und wartete danach wohl auf eine Entgegnung. Aber es war, glaube ich, genau dieser Satz, der immer das Schweigen der restlichen Familie nach sich zog, das mir neu war. Die Frau dieses sehr vieles sagenden Onkels, die ältere Schwester meiner Mutter, schwieg auch, aber anders. Sie schwieg an der Seite ihres Mannes und hielt so das Schweigen ihrer Verwandtschaft aus. Vielleicht glaubte ich nur wegen der vielen Stille, die anläßlich des achtzigsten Geburtstages meiner Großmutter bei uns zu Gast war, daß meine Tante und ihr Mann, der jetzt nicht mehr lebendig ist, sich in einer Gegend unseres Landes niedergelassen hatten, in der es Schnee gibt. Vielleicht ist wirklich deshalb das Auto von der

Straße abgekommen. Am Vormittag trinkt man doch eigentlich nicht, sagt jetzt meine Tante, aber meine Großmutter gibt keine Antwort.

Jeder, der will, darf jetzt Tauben abschießen, sagt Anna, als jenseits unseres Schulhofs wieder Schüsse zu hören sind. Weil die mit ihrer Scheiße die Häuser zerstören. Das ist ein schmutziges Wort, sage ich. Aber es ist der Grund, sagt Anna. Und Hunde. Die wilden. Sitz, denke ich. Platz. Die vermehren sich ja auch wie die Ratten, sage ich zu Anna. Blödsinn, sagt Anna.

Weil mein Klavierunterricht dieses Mal ausgefallen ist, die Lehrerin saß nicht, als ich den Raum betrat, schon auf einem Stuhl am Klavier, sie spiegelte ihren Scheitel nicht im glänzenden Schwarz des Instruments, blätterte nicht in den Noten, nickte mir nicht zu, ihre Augen wurden nicht Schlitze, weil auch ihr Lächeln nicht da war, und so gab sie mir auch nicht die Hand, denn ich ging gar nicht erst zum Klavier, als ich sah, daß in dem Unterrichtsraum niemand war, sondern blieb nur kurz bei der Tür stehen, wandte mich dann gleich wieder um, und schloß die doppelte Tür von außen, weil mein Klavierunterricht dieses Mal ausgefallen ist, sitze ich im hohen Gras auf der Wiese vor dem Gebäude und warte auf meine Mutter, die in einer Stunde kommen wird, um mich abzuholen, meine Mutter läßt sich in der Stunde, in der ich Klavierunterricht habe, immer das Haar schön machen, die Fingernägel, oder die Zehnägel, sie läßt sich auf einer Bank in einem Salon liegend braunbrennen oder massieren. Inmitten der Wiese, auf der ich sitze, inmitten der blühenden Gräser, die seit einiger Zeit nicht mehr abgemäht werden, der Gärtner ist im Urlaub, hat mein Vater gesagt, inmitten der Brennesseln und Schachtelhalme, die sich allmählich breitmachen, steht ein steinerner Mann, der ist auch allein hier spazierengegangen, denke ich, und lehne mich mit dem Rücken an seine steinernen Hosenbeine, während ich warte. Der Mann ist kalt. Aber, denke ich, er ist immerhin stehend in Stein verwandelt worden, so daß selbst, wenn das Gras noch höher wachsen sollte, man ihn noch lange Zeit gut wird sehen können. Die Difunta ist liegend gestorben. Würde sie hier liegen mit ihrem Kind, würde man sie schon jetzt nicht mehr finden.

Du kannst übrigens stolz sein, daß du ihn kennst, sagt meine Mutter. Und zum ersten Mal schaue ich an den steinernen Hosenbeinen entlang nach oben, wandern meine Augen den Stein entlang aufwärts am Revers bis hin zum Gesicht, das so glatt geschliffen ist, daß kein Grashalm sich darin verfangen und Wurzeln schlagen könnte. Und wirklich: Ich sehe eine härene Schale, die jetzt aus Stein ist, darin aufbewahrt den Kopf des Mannes, der noch neulich mit uns gegessen hat. Ich denke an die Difunta, denke an Jesus, der immer und überall in jeder Kirche, aber auch auf Straßen, Plätzen und Höfen, in Zimmern, Ecken, Nischen und über den Betten der Menschen ans Kreuz geschlagen ist, und frage meine Mutter, woran denn der Mann gestorben sei, in dessen Leib sich noch neulich unser Essen in Gehen und Husten verwandelt hat. Aber meine Mutter sagt, der sei nicht gestorben, nächsten Sonntag komme er wieder zu uns, dann könne ich ihn ja selber fragen, wie das sei, in Stein gehauen zu werden. Auf keinen Fall, denke ich, gebe ich ihm jemals wieder die Hand. Gib die Hand, gib die Hand, sag guten Tag. Ich weiß nicht, ob der Karton mit den Händen. Aber worin denn zumindest das Wunder bestehe? Meine Mutter sagt, es ginge nicht um ein Wunder, mit dem Aberglauben sei einmal Schluß, es ginge um das Beispiel. Beim Rückweg durch den Park hebe ich diesmal auch dort den Blick, wo der andere steinerne Mann steht, an der granitenen Knopfleiste eines Kittels entlang blicke ich kopfwärts, als ich krank war, war der Kittel weiß, jetzt ist er aus rötlichem Granit, der Kopf ist so kahl wie damals, als ich krank war, und spiegelglatt geschliffen, vielleicht war der Kahlkopf schon damals an meinem Krankenbett aus Stein, und die Verwandlung hatte bereits unmerklich von oben herab begonnen. Mehr als andre bist du in dieser Stadt zu Hause, sagt meine Mutter. Ich kann es sehen. Die Stadt beginnt, unsere steinerne Wohnung zu werden, bewohnt von den gemeißelten Freunden meines Vaters. An ihnen sollen sich alle ein Beispiel nehmen, sagt meine Mutter, aber bei uns gehen diese hervorragenden Menschen aus und ein. Sollen alle, die sich an ihnen ein Beispiel nehmen, gleichfalls kalt werden? Du kannst sie aus der Nähe sehen, sagt meine Mutter, und darauf kannst du stolz sein. Auf dem Mittelstreifen der Hauptstraße, die bergauf führt, begegnet uns der Dritte aus Stein, er ist erst vor kurzem aufgestellt worden. Sein Gesicht ist noch nicht ausgearbeitet, aber ich halte für möglich, daß in wenigen Tagen der Stein weiche Lippen haben wird wie die einer Frau. Diejenigen welche. Dann deren Freunde. Die sich erinnern. Die Angst haben. Und zum Schluß alle. Alle alle.

Der Lehrer nimmt ein Lineal aus der Federmappe von Anna, hält es in die Höhe und sagt: Nieder mit dem Zentimeter! Und zerbricht das Lineal. Die kleinste neue Maßeinheit ist ungefähr so lang wie dreieinhalb Zentimeter. Auch der Strom kommt neuerdings mit schnellerer Geschwindigkeit aus der Steckdose als bisher. Begäbe sich jetzt einer auf Reisen, bräuchte er Zwischenstecker zur Übersetzung, aber was soll einer auswärts. Unser Land ist größer, als ich mir vorstellen kann. Bisher und Anderswo hocken aufeinander und begatten sich. Widerlich, sagt der Lehrer. Die Milch wird bei uns jetzt in eckigen Pappschachteln verkauft, die soviel Flüssigkeit fassen wie früher ein Eimer. Der Lehrer sagt, was soll einer jeden Tag einkaufen gehen, er sagt, was nützt großen Familien ein läppischer Liter. Vorräte anlegen, sagt der Lehrer. Und dann mit den Vorräten haushalten. Das stimmt. Aber wir zum Beispiel sind nur Vater, Mutter und Kind. Und der Bruder meiner Mutter und seine Frau sind nur Mann und Frau. Und die Schwester meiner Mutter ist seit kurzem sogar ganz allein, eine Witwe. Sie hat bestimmt schon eine leere Flasche aufs Dach ihres Autos gestellt, um es zum Verkauf anzubieten, damit sie die Kosten für die Beerdigung ihres Mannes allein bestreiten kann. Das sei die Ausnahme, sagt der Lehrer. In diesem Land, in dem beinahe immer die Sonne scheint, blüht, wächst und fault alles immerzu, junge Frauen werden ein ums andere Mal schwanger, Anna zum Beispiel hat fünf Geschwister, selbst wenn das damals mit der Schießerei gutgegangen sein sollte, und ihre Schwester jetzt nicht mehr lebt, hätte sie immer noch vier Geschwister. Familien wie die unsrige seien die Ausnahme, sagt der Lehrer. Vielleicht hat meine Großmutter das Verdorren von dort mitgebracht, wo meine Mutter ein Säugling war, unter der wollenen Kappe das grau-weiße Gesicht, das Aussterben von drüben, wo mehrere Monate im Jahr alles mit Schnee bedeckt ist.

Du bist unser größter Schatz, sagt mein Vater. Du bist unser größter Schatz, sagt auch meine Mutter. Dieser Satz ist einer von den Sätzen, an denen sich meine Eltern treffen wie an einer vielbefahrenen Kreuzung. Warum habe ich keine Geschwister, habe ich meine Mutter, als ich kleiner war, hin und wieder gefragt. Manche Kinder haben nun einmal Geschwister, andere haben keine, hat meine Mutter gesagt. Mein Vater hat gesagt: Was nicht ist, kann ja noch werden. Ich habe gelesen, sage ich zu meiner Mutter, daß, wenn einer lange genug einen Holzkloben im Arm wiegt und Tränen auf ihn vergießt, der Holzkloben lebendig werden kann, je nachdem dann ein Bruder oder eine Schwester. Wer schreibt denn solchen Unsinn, sagt meine Mutter. Weder der Bruder meiner Mutter noch ihre weit entfernt lebende Schwester, auf deren Auto bestimmt längst die leere Flasche steht, haben Kinder gezeugt. Meine Mutter aber hat einem Kind das Leben geschenkt. Frucht der Liebe. Mein Vater hat wohl da gesessen und gewartet, bis ich reif war, dann hat er mich vom Baum gerissen und meiner Mutter gereicht, und sie hat die Zähne in mich geschlagen wie in einen Apfel. Oder wie. Mein Vater hat einem Kind das Leben geschenkt. Was nicht ist, kann ja noch werden. Der Schatz meiner Mutter, der ich bin, ist schon beinahe aufgegessen, und es gibt keinen Nachschlag, oder wie. Meine Mutter spart mich. Vorsicht heiß. Mein Vater könnte immer wieder einen Apfel vom Baum reißen, weil ihm der

Grund gehört. Solange der Baum Früchte trägt jedenfalls. Meine Mutter, die, die mich eingekocht hat. Mein Vater, der Schelm. Wem hat der Grund vorher gehört, frage ich. Einem Wucherer, sagt mein Vater, einem, der mit dem Grundstück nur Geld machen wollte, du hättest einmal den Garten sehen sollen, sagt mein Vater, das Gras wuchs kniehoch. Jetzt wächst das Gras in der Stadt kniehoch, nur in unserem Garten ist es nach wie vor kurz geschnitten, mein Vater schneidet es selbst, seit der Gärtner im Urlaub ist. Und die Obstbäume hatte seit Jahren niemand mehr zurechtgestutzt. Die Äpfel von damals hätte keiner essen wollen, sagt mein Vater, klein waren sie, holzig und sauer. Jetzt sind die Äpfel und auch alle anderen Früchte unseres Gartens saftig und süß, mein Vater reißt sie vom Baum, dann kocht meine Mutter sie ein und verschließt sie luftdicht in Gläsern. Vorräte anlegen und damit haushalten. Du bist unser größter Schatz. An diesem Satz treffen sich meine Eltern wie an einer vielbefahrenen Kreuzung. Mein Vater hat meiner Mutter ein Kind geschenkt. Oder, wenn nötig, den Baum absägen, zerhacken und viel darauf weinen. Vorsicht heiß. Denn es gibt manche, die ein Geschenk, das ihnen gemacht wird, nicht zu schätzen wissen. Bruder und Schwester. Weder Bruder noch Schwester. Weder. Noch. Was nicht ist, kann ja noch werden.

Auch die Zeitrechnung sei jetzt eine andere. Die Uhren seien von Menschen gemacht, nicht wahr, sagt der Lehrer. Der Begriff Frühling sei in einem Land, in dem alles gleichzeitig blühe, wachse, Früchte abwerfe, während es in anderen, weiter entfernteren Gegenden dieses Landes im selben Moment friere, schneie oder taue, sei in einem so großen Land, wie es das unsere ist, nichts weiter als eine Frage der Festlegung. Die einzige Frage sei, woran man sich erinnern wolle, und das wie oft. An meinen Geburtstag zum Beispiel, sage ich. Einer von allen Tagen im Jahr sei ja mein Geburtstag. Einer von allen Tagen im Jahr sei ja der Tag, an dem ich geboren bin. Gut, nehmen wir deinen Geburtstag, sagt der Lehrer. Das Jahr hatte bisher dreihundertundfünfundsechzig Tage, oder, sagt er. Ja, sage ich. Und nach dreihundertundfünfundsechzig Tagen ist dir immer pünktlich nach deinem Geburtstag zumute. Ja, sage ich. Und was machst du im Schaltjahr, fragt der Lehrer. Dauert dein Gefühl da einen Tag länger? Ich weiß nicht, sage ich. Und was würdest du machen, wenn du deinen Kalender verlierst, oder einmal einen Tag verschläfst und nicht mehr weißt, wie spät es ist? Dann kommen meine Eltern mit dem fahrbaren Tisch voller Geschenke und der Spieldose herein. So, sagt der Lehrer. Aber wenn deine Eltern nun schon nach zweihundertundfünfzig Tagen mit dem fahrbaren Tisch hereinkommen, oder erst nach fünfhundertsiebenundzwanzig, würdest du dich dann weniger über deine Geschenke freuen? Nein, sage ich. Na also, sagt der Lehrer. Es ist alles eine Frage der Festlegung. Die Zeit kann man nicht fühlen, sagt er. Sie wird gemessen. Die Uhren werden nun einmal von Menschen gemacht und nicht umgekehrt.

Mein Schwiegervater sieht schlecht, sagt unsere Aufwartefrau. Letzte Woche wollte er nicht einmal mehr mit mir ins Kino, sagt sie. Meine Mutter sagt: Das tut mir leid. Unsere Aufwartefrau sagt: Die Sonne macht ihm zu schaffen. Am liebsten sitzt er im Halbdunkel, und hört dabei nicht einmal mehr Radio. Sitzt nur so da. Meine Mutter sagt: Im Flur müßte gewischt werden. Gut, sagt die Aufwartefrau, lächelt mir zu und streift sich die Gummihandschuhe über.

Wenn die Amme jetzt da wäre, würde ich sie nach der Sonne fragen. Tag und Nacht gibt es ja noch, auch bei uns, in diesem Land, wo zumindest tagsüber beinahe immer die Sonne scheint. Die Aufwartefrau sagt, ihrem Schwiegervater sei das egal, wann Nacht sei, oder wann Tag sei. Wenn sie ihm das Frühstück bringe, sei es Morgen, sage ihr Schwiegervater zu ihr, und sei damit zufrieden. Wenn einer lange im Dunkeln sitze, habe der Tag nur dreiundzwanzig Stunden. Zum Beispiel. Hat mein Vater gesagt. Mein Vater kennt sich mit den Strömungen aus. Wenn einer über Nacht in eine Nische gestellt wird, die vorn mit einer Tür verschlossen ist, fällt er am Morgen heraus wie ein Brett.

Ich sitze auf den Stufen vor unserem Haus, ich habe den Schlüssel vergessen. Der junge Mann, der mir neulich beim Klavierspielen zugehört hat, sitzt neben mir und raucht eine Zigarette. Wohnst du gern hier, fragt er. Ja, sage ich. Ich habe mich manchmal gewundert, sagt er, wie wenig an einem Haus eigentlich Haus ist. Man sieht das, wenn innen Licht brennt, sagt er und zieht an seiner Zigarette. Die Häuser sind im Grunde genommen durchsichtig, sagt der junge Mann, aber wenn man drinnen sitzt, merkt man das nicht, wahrscheinlich weil die Möbel und die Teppiche und all das, was an den Wänden hängt, die Sicht auf die Luft verstellen. Ich muß an die Glasknochen unserer Aufwartefrau denken, die ihre

Schürzen immer fest um den Leib geschnürt trägt. Vielleicht ist es bei ihr auch so, daß sie durchsichtig wäre, ginge sie ohne die Schürzen. Wenn ich nachts ein Haus von außen sehe, sagt der junge Mann zu mir, wundere ich mich immer, daß es unter dem schweren Mobiliar nicht zusammenbricht. Bei uns gibt es viel schweres Mobiliar, denke ich, je älter ich wurde, immer mehr, meine Eltern sammeln, seit ich zurückdenken kann, alte Möbel, sie sagen, es sei schön, wenn die Dinge endlich einen ihrem Wert angemessenen Platz erhielten, wenn sie da stünden, wo jemand sie schätzt. Dünn wie Papier, sagt der junge Mann, sind die Wände, im Grunde genommen, dünner als die Schalen von Krabben. Du bist unser größter Schatz. Der junge Mann sitzt neben mir und raucht schweigend. Wenn beim Gottesdienst von der Arche Noah die Rede war, habe ich immer unsere Wohnung vor mir gesehen: Schränke, Vertikos und gotische Bänke, Kronleuchter, Teppiche, Spiegel und Bilder, die sich wie vor einer Sintflut hineingerettet haben. Wo war denn der Schrank zuvor, frage ich meinen Vater, als er einen weißgoldenen Schrank in unsere Diele hineinschaffen läßt. Mein Vater sagt: Du wirst es nicht glauben, den habe ich in einem Schweinestall gefunden, in diesem Schrank war das Futter. Oben auf dem Schrank trompeten zwei Engel. Bevor ich meine Pullover hineinlegen darf, fegt meine Mutter mit Handfeger und Schaufel die Fächer aus. Viehfutter, sagt sie, in einem echten Barockschrank. Ich sehe zwar nur Staub. Und wenn einer so eine Krabbe essen will, sagt der junge Mann, klaubt er sie einfach aus ihrer Schale. Mit bloßen Händen, sagt er. Rosafarbene Wände, und das Rosa schon brüchig. Ach, sagt der junge Mann, und verstummt jetzt, als er meinen Vater durch das Gartentor auf uns zukommen sieht, mein Vater reicht mir die Hand und hilft mir beim Aufstehen, dann küßt er mich und sagt: Na, hast du dich gelangweilt, er sagt sonst nichts, sondern geht nur voran, um mir die Tür aufzumachen, geht die Stufen hinauf, mitten durch Füße und Knie und Herz des jungen Mannes hindurch, der sitzengeblieben ist, mein Vater schließt mir die Tür auf und läßt mir den Vortritt, dann folgt er und macht die Tür hinter uns zu, jetzt sind wir im Kühlen. Draußen sitzt wohl noch immer der Mann und zieht an seiner Zigarette, draußen scheint wohl noch immer die Sonne, wie üblich.

Meine kleine Schwester, sagt Anna, ist gestern endlich wieder nach Hause gekommen. Das ist schön, sage ich. Sie ist sofort nach oben gegangen, sagt Anna, ins Schlafzimmer unserer Eltern, zu den Schränken, und hat die Luftpistole aus dem Fach genommen, in dem mein Vater immer seine Taschentücher aufbewahrt. Unsere Eltern haben sie unter der Wäsche versteckt, damit wir sie nicht finden, sagt Anna. Meine kleine Schwester, sagt Anna, hat die Luftpistole aus dem Fach genommen, sie sich an den Kopf gehalten und dann geschossen. Wie alt ist denn deine kleine Schwester, frage ich. Sieben war sie, sagt Anna.

Sie hat vorher nicht einmal die Schranktür zugemacht, sagt sie zu mir. Ich sage nichts. Und meine Eltern sind noch immer nicht zurück, sagt sie. Warum denn nicht, frage ich. Erst sind sie mit meiner kleinen Schwester in die Ferien gefahren, sagt sie, in die Berge, aber da ist ein Vulkan ausgebrochen und hat die Straße verschüttet, deshalb mußten sie länger bleiben als geplant. Dann haben sie auf dem Rückweg unsere Großeltern besucht, mein Vater wurde dort vor dem Haus von einem tollwütigen Wolf angefallen, er mußte ins Krankenhaus, und an demselben Tag, an dem er entlassen wurde, ist meine Großmutter gestürzt, da sind meine Eltern also auch noch länger geblieben, meine Mutter hat meinen Großeltern für einige Wochen den Haushalt geführt, den Großvater versorgt, mein Vater ist viel angeln gegangen in der Zeit, das macht er gern, sagt Anna, dort gibt es einen See, einen Hecht hat er gefangen, sie haben ihn lebend in die Badewanne getan, meine kleine Schwester hat ihn gezähmt, auf Befehl ist er aus dem Wasser gesprungen, und in einem Bogen wieder hinein wie ein Delphin, und schließlich, als sie wirklich nach Haus fahren wollten, ist die Nachricht gekommen, daß sie eine Kreuzfahrt gewonnen haben, eine Reise um die ganze Welt, sie mußten das Schiff sofort besteigen, so sind sie von den Großeltern aus mit ihren gepackten Koffern gleich zur Küste gefahren, nur meine Schwester haben sie schon zu uns geschickt, zu uns nach Hause. Wie lange sind deine Eltern schon fort, frage ich. Ein, zwei Jahre, sagt Anna. Ach, sage ich. Das wußte ich nicht. Und wer kümmert sich seit der Zeit um eure Familie, frage ich. Erst hat meine große Schwester für uns gesorgt, aber seit sie glücklich verliebt war, ich, sagt Anna. Die Mazurka f-moll ist das letzte Stück, das Chopin geschrieben hat. Und wie lange wird die Kreuzfahrt noch dauern? Das weiß niemand, sagt Anna. Die Welt ist ja groß. Größer, als du dir vorstellen kannst. Gestern ist meine kleine Schwester endlich wieder nach Haus gekommen, sagt sie. Sie hat geklingelt, gerade als ich aus der Schule zurück war. Meine Mutter hatte vergessen, ihr den Schlüssel mitzugeben. Gepäck hatte sie auch keins. Sie hat mir nicht einmal guten Tag gesagt, sagt Anna, sondern ist gleich hinaufgelaufen, ins Schlafzimmer unserer Eltern, zu den Schränken, und hat aus dem Fach, in dem mein Vater immer seine Taschentücher aufbewahrt, die Luftpistole genommen, sie war dort versteckt, und hat sie sich an den Kopf gehalten und geschossen. Du hast den Schuß ja gehört, sagt Anna zu mir. Und sie hat vorher nicht einmal die Schranktür zugemacht, sagt sie.

Marie nimmt die Kleine auf ihren Rücken, das geht auch ohne Hände. Bis zum Fenster reiten sie so und zurück, viele Male vom Sofa zum Fenster und wieder zurück. Am Klavier sitzt meine Klavierlehrerin, sie spielt diesmal ein lustiges Stück, schnell, immer schneller, wahrscheinlich lächelt sie jetzt beim Spielen, aber ihr Lächeln spiegelt sich nicht im glänzenden Schwarz des Klaviers, auch nicht ihr Haar, nicht ihre Schultern, ja nicht einmal ihre Arme, die weit nach links und rechts ausholen, um Schwung zu holen für das lustige Stück, nein, ich sehe nur den Rücken meiner Klavierlehrerin, und durch ihn hindurch den blanken Leib meines Klaviers, in dem spiegeln sich die wie rasend auf- und abspringenden weißen und schwarzen Tasten, Marie fällt in Galopp, die Kleine kreischt vor Vergnügen. Sie sieht Anna so ähnlich, daß ich nicht nach ihrem Namen fragen mußte, als sie mein Zimmer betrat. Die Luftpistole hat sie sich jetzt zwischen Gürtel und Kleid gesteckt, damit sie sie beim Reiten nicht verliert. Schließlich lädt Marie ihre Last auf dem Sofa ab und fällt neben dem Kind in die Kissen. Durst, rufen die beiden, schließen lachend die Augen und schnappen nach Luft, aber die Musik geht immer weiter. Ich laufe hinunter in die Küche, unten ist es ganz still, meine Mutter ist gerade dabei, ihre Küchenkräuter zu stutzen, die in tönernen Töpfen auf dem Fensterbrett stehen, sie sagt, warum bist du so außer Atem, hast du wieder Fieber, ich sage, es geht mir gut, unsere Aufwartefrau stellt mir vier Gläser und eine Flasche Wasser auf ein Tablett. Endlich wieder einmal Leben in der Bude, sagt sie und lächelt. Ja, sage ich. Meine Mutter fragt, wozu vier Gläser, und was für ein Leben, aber als ihr in diesem Moment einer der tönernen Töpfe unter den Händen zerbricht, vergißt sie, was sie gefragt hat, sie verwünscht die heruntergefallene Erde, die Aufwartefrau holt einen Besen, und ich gehe hinaus, balanciere mit dem Tablett in der Hand die Treppe wieder aufwärts, immer die äußere Kurve, da sind die Stufen so breit, daß ich den ganzen Fuß aufsetzen kann, innen könnte ich abrutschen, hat meine Mutter gesagt, als ich klein war, und hat gesagt: Vorsicht.

Früh am Morgen, während wir auf den Beginn des Sportfestes warten, ist die Luft noch frisch, und von den verstaubten Büschen am Rand des Platzes weht ein Geruch nach Jasmin zu uns herüber. Aber sobald die Sonne beginnt, den Platz zu verbrennen, gibt einer der Lehrer den Startschuß, er zielt auf die Sonne, du hast den Schuß ja gehört, sagt Anna, aber die Sonne fällt nicht vom Himmel. Von dem Schuß an werden unsere Körper in Trab gesetzt, von Station zu Station, von einem Gerät zum nächsten, schwitzen, viel trinken, den Kreis absolvieren, von dem Schuß an werden Übung für Übung unsere Körper aneinander gemessen. Wird gemessen, wie unser

Fleisch springt, läuft, balanciert, schleudert, wirft oder geworfen wird, schneller, höher und weiter. Knie, Arme, Fersen, Schenkel und Sehnen, die Haare nach hinten gebunden, damit sie nicht stören. Meine Mutter hat mir Tee mitgegeben, schwitzen, viel trinken, Tee ohne Zucker. Und Obst. Essen hält Leib und Seele zusammen, sagt meine Tante. Und sonst? Sonst nichts? Nur das Essen? Warum, warum, ist die Banane krumm? Wenn ein Kopf weiß, wie weit er sich nach hinten verdrehen muß, um die Scheibe, die seine Hand hält, glücklich zu werfen, widersteht er dann eher dem Messer, das ihn vom Rumpf trennen will? Und wenn nicht, wohin fällt sein Wissen vom Werfen? Zusammen mit dem Kopf auch in den Korb? Oder fliegt das auf und davon und macht Urlaub? Da oben mein Vater. Meine Mutter. Hoch oben. Der oder die fliegt jetzt nach Rom. Nach Rimini. Oder Hawaii. Der Lehrer sagt, bei einem Sportfest werden die Körper gefeiert. Die Feste feiern, wie sie fallen. Warum fallen die Feste? Warum, warum. Weil niemand in den Urlaub flog und sie wieder gradebog.

Als wir der Amme auf der Straße begegnen, ich gehe neben meiner Mutter her zum ehemaligen Gemüseladen, um unsere Zuteilung abzuholen, die Markthalle hat schon seit Monaten geschlossen, grüßen wir sie, und die Amme wünscht uns auch einen Guten Tag, und als meine Mutter zu ihr sagt, daß es in den letzten Tagen besonders heiß sei, sagt sie: Ja. Die Amme trägt einen olivfarbenen Rock und braune Strümpfe, ihre Haare sind inzwischen ganz und gar grau. Unter meinen Schuhen knirscht Sand, später einmal wird jemand die Mosaiken ausgraben müssen, wenn er auf steinernen Inseln durch die Stadt hüpfen will, erst die, dann die, dann die, und zum Schluß alle, der Sand hat sich in dem Gras verfangen, das zwischen den Pflastersteinen hoch aufschießt. Du hast die Schüsse ja selber gehört. Warum darf ich eigentlich nie allein irgendwo hingehen. Der heruntergelassene Rollladen des Geschäftes, in das meine Mutter früher die Schuhe zur Reparatur gebracht hat, ist staubig. Beim Cafe an der Ecke ist das Schloß, mit dem der Rolladen gesichert ist, schon verrostet. Die Straße hat ihre Augen geschlossen und schweigt. Stille ist Gesundheit. Na dann, sagt meine Mutter zur Amme. Die Amme sagt: Ich muß auch weiter. Auf Wiedersehen, sagen erst meine Mutter, dann ich, dann meine Amme.

Nein. Die Feste einmal hinstellen und tanzen, mich an mich nehmen und einmal tanzen, meinen Leib hinwegraffen aus der Grube, in die ich gestürzt bin, den Sand ausspucken, meine Hacken fortnehmen von den eisernen Keilen, auf die sie sich vor dem Startschuß stützen, und mich aus der Wasserbahn heben, die mit Korken abgesteckt ist, meinen Körper feiern, aber ohne Maßband und Stoppuhr, ohne Sinn und Verstand, tanzen, meine Glieder bewegen, wie es mir gerade einfällt, einfach feiern, daß seit soundsoviel Jahren an der Stelle, wo mein Fleisch und Blut ist, etwas ist, und nicht nichts, so hat die junge Frau es ausgedrückt, als sie eintrat und mich umarmte und ich von ihrer Umarmung nichts merkte, während all die anderen ihr folgten und mein Zimmer sich allmählich füllte, wann, wenn nicht am Geburtstag, gehöre mein Fleisch und Blut mir, hat sie gefragt, und einen kleinen Kassettenrecorder eingeschaltet und sich auf das Sofa gesetzt, gute Musik, wann, wenn nicht heute, dürfe ich, heute, oder sonst wann, egal, irgendeiner von allen Tagen im Jahr ist schließlich der Tag, an dem ich geboren bin, jedenfalls feiern wir heute meinen Geburtstag.

Wir feiern, wir tanzen, während an diesem Nachmittag meine Mutter im Sitzen oder im Liegen ihren eigenen Körper feiert, ohne sich zu bewegen, meine Mutter sagt immer, auch für mich werde es allmählich Zeit, meine Hände, Füße und Haare jemandem anzuvertrauen, der weiß, was man damit beginnt, heute, während sie ihren Körper oder Teile davon in einem dieser Salons, auf einer Liege liegend, jemandem anvertraut, der weiß, was man damit beginnt, oder sich braunbrennen läßt, um endlich an diesem Ufer der Welt heimisch zu werden, einzuwachsen in diesen Kontinent, auf dem beinahe immer die Sonne scheint, während mein Klavierunterricht, wie schon seit einigen Wochen, nicht stattfindet, tanzen wir, während meine Mutter ihren Körper in fremde Hände gibt, um es sich wohlsein zu lassen, und mein Vater Besuch hat von mehreren Männern, zum Beispiel von dem, dessen Kopf in seinem Bart ruht wie in einer härenen Schale, und auch von dem Arzt mit dem Kahlkopf und noch von zwei oder drei anderen, die wahrscheinlich ebenfalls längst in Stein gehauen die Stadt kühlen, tanzen, während mein Vater Hof hält, und es in der unteren Etage unseres Hauses nach Tabak riecht, obgleich die Tür zu seinem Zimmer fest verschlossen ist, die Steinernen halten Stein, und es daher unten ganz still ist, denn auch die Aufwartefrau ist nicht da, sie hat wieder einmal einen ihrer gläsernen Knochen zerbrochen und liegt deshalb bei sich zu Hause im Bett, liegt flach, aber nicht wie meine Mutter, um ihren Körper zu feiern, sondern nur, um darauf zu warten, daß das Glas wieder zusammenschmilzt, doch der Schwiegervater sitzt an ihrem Bett und ist dagegen, daß sie die Sonne hereinläßt, deshalb kann der Knochen nicht heilen, und die Aufwartefrau nicht zu uns kommen, wäre der Difunta ein Glasknochen zerbrochen, es hätte nicht lange gedauert, und er wäre unter der Sonne wieder in eins geschmolzen, während in unserem Haus kein Wort zu hören ist, und auch niemand Wäsche wäscht oder Geschirr, feiern wir oben meinen Geburtstag, wir tanzen, weil seit so- oder soundsoviel Jahren, egal, da, wo mein Körper ist, etwas ist und nicht nichts, feiern meinen Geburtstag, obgleich bis zu meinem Geburtstag noch gut fünf Monate hin sind.

Ob das die neue Zeitrechnung sei, hatte ich die junge Frau gefragt, als sie, ohne zu klopfen, mein Zimmer betrat, bunte Ballons in den Händen, aber sie hatte mir keine Antwort gegeben, nach ihr war der junge Mann gekommen, er trug eine Torte, Essen hält Leib und Seele zusammen, auf der brannten achtzehn rosafarbene Kerzen, dabei werde ich in fünf Monaten wenn überhaupt doch erst siebzehn, dem jungen Mann folgte die Schwester von Anna mit roten Schleifen im Haar, die Luftpistole in den Gürtel gesteckt, und die händelose Marie, egal, irgendeiner von allen Tagen im Jahr ist ja der Tag, an dem ich geboren bin. Der junge Mann stellte die Torte auf meinen Schreibtisch, die Frau ließ die Luftballons schweben und schaltete die Musik ein, und während die ersten Gäste mir noch gratulierten, drängten sich schon die nächsten in mein Zimmer, Marie war die erste, die zu tanzen begann. Inzwischen hat sich das Zimmer ganz mit Gästen gefüllt, alle tanzen, alle lachen und tanzen und reden laut miteinander, meine Klavierlehrerin ist gekommen und sogar der Gärtner, der schon so lange seiner Arbeit nicht nachgeht, andere kenne ich nur vom Sehen, zum Beispiel den Schuster aus dem schattigen Laden an der Ecke, oder die Frau, die damals im Bus noch so lange Haare gehabt hat, daß man sie daran aus dem Bus hinausziehen konnte, ihre Haare sind weg, aber sie lacht, und wenn sie sich ein Stück Torte holt, und noch eins, und noch eins, sehe ich all die anderen Gäste durch ihren Leib hindurch tanzen, und durch die Gäste, die hinter ihr sind, die anderen Gäste. Ein Junge, der bis vor kurzem in unsere Schule gegangen ist, tanzt mit Marie, und weil sie keine Hände mehr hat, hält er sie bei den Schultern, wenn sie sich drehen soll, einige Kinder, darunter auch das rothaarige Mädchen, das damals durch die Prüfung gefallen ist, laufen mit der kleinen Schwester von Anna schon zum wer weiß wievielten Mal um die Wette vom Sofa zum Fenster und vom Fenster zum Sofa und wieder zurück, sie balancieren Eier auf ihren Löffeln, und es macht überhaupt nichts, daß das Zimmer so voll ist, denn die Kinder laufen mit ihren Löffeln einfach mitten durch die tanzenden Leiber hindurch, und der junge Mann feuert sie an und ruft jedesmal Bravo, wenn eines von ihnen die andere Seite erreicht hat, ohne sein Ei zu verlieren.

Mein Vater kommt aber nicht herauf, um mit uns zu feiern, unten ist auch immer alles ganz still, wenn ich hinuntergehe, um aus dem Kühlschrank Wasser für meine Gäste zu holen, oder Orangensaft für die Kleinen, später auch etwas Wein, unten ist immer alles ganz still, und die Tür meines Vaters öffnet sich kein einziges Mal. Die

Schritte der Tanzenden sind unten überhaupt nicht zu hören, nicht einmal das Gekreische der Kinder, oder das Lachen, aber auch aus dem Zimmer meines Vaters dringt kein Laut, als seien mein Vater und seine Besucher über irgend etwas, das ich noch nicht weiß, starr vor Staunen, nur von draußen her, von der Straße höre ich etwas wie Rauschen von Wasser, in dem ganz viele Fische sind, mit ihren Leibern so dicht an dicht in dem Wasser, daß sie aneinanderschlagen und das Wasser vor Fischen brodelt und aufwallt und ganz braun ist von dem Schlamm, den die Fische aufgerührt haben, das Wasser bäumt sich in unzähligen silbrigen Leibern auf, als sei es selber ein Leib, und schnappt nach sich selbst und atmet mit tausend aufgerissenen Mäulern, und macht auf diese Weise, nehme ich an, dieses zuvor noch niemals gehörte Geräusch, das an diesem Tag von draußen an unser Haus schlägt.

Komm, sagt mein Vater, und nimmt mich bei der Hand, wir müssen fort. Meine Mutter räumt schon meine Anziehsachen aus dem Barockschrank in eine Tasche. Soll ich mich auf der Reise etwa von Viehfutter ernähren oder von Staub. Essen hält Leib und Seele zusammen. Es ist Nacht. Ich stehe am Fuß einer Auffahrt aus Beton. Fahren wir jetzt doch zur Beerdigung unseres Onkels, frage ich meine Mutter. Nein, sagt die. Vielleicht rührte dieses niemals zuvor gehörte Geräusch tatsächlich von der Sintflut, und wir überlassen das eng gewordene Haus nun all den Möbelstücken, Teppichen, Spiegeln, die sich im Laufe der Zeit hineingeflüchtet haben, schließen gut ab, retten so die Kronleuchter, die gotischen Bänke, Ölbilder und das blaugemusterte Porzellan, und gehen statt dessen selber hinaus, um zu ersaufen. Unsinn, sagt meine Mutter. Oder fahren wir in den Urlaub, um unseren Gärtner zu besuchen? Mein Vater sagt: Du wirst Schnee sehen. Deshalb also brechen wir nachts auf, damit der Schnee nicht unter der Sonne schmilzt, bevor wir da sind. Genau, sagt mein Vater. Deine Mutter bleibt hier, sagt er. Soll sie doch in diesem mit Dingen vollgestopften Haus die Treppe hinunterfallen oder zum Fenster hinausgedrückt werden. Wer schön sein will, muß leiden. Bevor fremde Hände, die wissen, was man damit beginnt, sich über meine Haut und Haare hermachen, schafft mein Vater mich fort.

Bis zum Fuß der Berge fahren wir mit dem Auto. Aber bevor wir aussteigen können, wird das Auto von Schritten umringt, und wir sehen, wie Männer mit Taschenlampen zu uns hineinleuchten, hören, wie sie mit ihren Händen die Scheiben abtasten auf der Suche nach einem offengebliebenen Fenster, da starten wir wieder und drängen die Männer mit unserem Fahrzeug beiseite und fahren, so schnell es geht, weiter, bis dahin, wo keine Männer mehr sind, wo der Weg sich zwischen Bäumen verliert, und fahren ein gutes Stück noch zwischen den Bäumen. Irgendwo halten wir, lassen das Auto im Wald zurück und beginnen dort, wo kein Aufstieg beginnt, unseren Aufstieg. Als wir uns umblicken, sehen wir unten noch immer kleine kreisrunde Lichter hin und her schwanken, betrunkene Sterne, die uns langsam zu folgen versuchen, hören eine Zeitlang auch Rufe. Dann wird es stiller. Ganz still. Und irgendwann, endlich, weit oben, von einem Schritt auf den nächsten, hell und kalt unter den Füßen. Die Schneegrenze, sagt mein Vater.

Wenn ich mich umwende, sehe ich von jetzt an auf dem schimmernden Abhang die schwarzen Löcher, die wir hinterlassen, den Abdruck unserer Schuhe. Während wir weiter steigen, kralle ich meine Hände durch den Schnee hindurch an den Felsen und blicke zurück. Tief in die Tasten, und noch tiefer, wenn der Ton schon angeschlagen ist, den kleinen Finger gerade aufstellen, staccato. Innerlich zählen. Wenn derselbe Ton mehrmals hintereinander gespielt wird, den Finger wechseln, aber jeden Anschlag mit der gleichen Kraft. Der Abgrund nach der anderen Seite ist plötzlich vor mir, beinahe wäre ich drüben gewesen, Kopf voran, viel schneller abwärts als aufwärts. Hüben und drüben. Jetzt hier entlang, sagt mein Vater und zeigt nach links. Der Weg, den er mir zeigt, ist so schmal, daß man die Füße nur hintereinander aufsetzen kann, dort, wo wir gekommen sind, geht es ebenso steil hinab wie auf der anderen Seite, die Täler sind von hier aus gar nicht zu sehen, sie stecken irgendwo in der Nacht fest, weit weit unten, wo es für Schnee noch zu warm ist. Ich kann hier nicht gehen. Du mußt, sagt mein Vater. Hast du noch nie eine Gratwanderung gemacht, fragt mich die junge Frau, die sehr geschickt, ohne abzurutschen, am Steilhang rechter Hand neben mir her balanciert. Nein, sage ich. Wir müssen, sagt mein Vater zu mir. Du darfst nur nicht nach unten schauen, sagt die junge Frau, dann ist es ganz leicht. Es ist ganz leicht, sage ich zu meinem Vater. Siehst du, sagt er und geht, ohne sich umzudrehen, vor mir her. Ich blicke immer auf seine Hacken.

Um uns ein schattiger Raum mit einer Tür, die halb aufsteht, deren Schloß war schon aufgebrochen, als wir hier ankamen, die Tür führt in einen verwahrlosten Garten, und hinter dem Garten, da, wo der Hang nach den Büschen steil abfällt, liegt gleich das Meer. Alles mögliche dann noch hinter dem Meer. Aber so, wie mein Vater schon immer das Lied von der Heimat, das sonst aus den Lautsprecherkästen über die Straßen schallte, für mich klein gemacht hat und leise und mit meinem Atem vermischt, so wird all das Große und Weite in unserem Rücken, während wir fliehen, klein und leise und läuft, als ich bei ihm auf dem Schoß angekommen bin, meinem Vater schnell in den Arm.

Weißt du, sagt mein Vater, jeder, der zu uns kommt, muß ja da durch. Es muß doch eine Gerechtigkeit geben. Ja, sage ich, sicher. Wir können ja nicht, sagt er, von dem einen verlangen, daß er die Wahrheit sagt, und von dem anderen nicht. Nein, sage ich. Wichtig ist zunächst einmal, sagt mein Vater: Hitze, Kälte oder Nässe. Hitze, Kälte oder Nässe. Weil alles, was einer jemals gedacht hat, in seinem Fleisch steckt. Als erstes muß das Fleisch aufgeweicht werden. Hitze, Kälte oder Nässe für den Körper dessen, der sich vergangen hat, und seinen Blick gleichzeitig in die Sackgasse schicken, sagt mein Vater, so beginnt man mit der Konzentration auf das, was wesentlich ist. Auf das, was wesentlich ist, auf das Vergehen, auf das, was vergeht und auf das, was verwest. Genau, sagt mein Vater, also Hitze, Kälte oder Nässe, und dann mindestens eine Milchglascheibe vor die Fenster, wenn überhaupt Fenster da sind, oder, das ist am besten, jedes Loch, durch das Licht einfallen könnte, vermauern. Auch das Paradies war ja eine Insel, sagt mein Vater. Und wer dann Dienst hat, ist Gott. Genau, sagt mein Vater. Lieber Herr Gott, sei unser Gast, und segne, was du uns bescheret hast. Und nun, sagt er, gibt es verschiedene Punkte, an denen man ansetzen kann. Gut, sage ich. Zuerst, sagt mein Vater, wird der Körper an den Gliedmaßen festgemacht oder an ihnen aufgehängt, auf einer Liege oder auf einem Stuhl oder an Haken, so daß die Stellen, die Schmerz empfinden, leicht erreichbar sind. Denn nur durch den Schmerz, sagt mein Vater, wird bei solchen, die verstockt sind, die Wahrheit zutage gefördert. Ja, sage ich. Die beste Stelle, um die Wahrheit zutage zu fördern, ist bei Männern und Frauen gleichermaßen zwischen den Beinen. So, sage ich. Du bist ja kein Kind mehr, sagt mein Vater. Nein, sage ich. Aber es gibt noch andere Stellen, sagt mein Vater: Zunge, Brustwarzen oder Augen zum Beispiel. Zunge, Brustwarzen oder Augen. Auch das Genick. Auch das Genick. Man kann jetzt, sagt mein Vater, wenn der Körper befestigt ist und nicht mehr davonkann, einzelne oder mehrere dieser Stellen an einen Stromkreis anschließen, oder auch, sagt mein Vater, einen Stab, durch den Strom fließt, zur Hand nehmen, und die Körper damit bohren, stechen oder schlagen. Bohren, Stechen und Schlagen. Bohr nicht in der Nase. Du hast doch schon einmal den eisernen Stab gesehen, den ich in die Erde stecke, um die Regenwürmer aus der Erde zu treiben. Ja, sage ich. So mußt du dir das vorstellen, sagt mein Vater. Durch den Strom werden die Würmer aus der Erde getrieben, und je stärker der Strom ist, desto schneller. Der Vater von Anna hat einen Hecht geangelt, so groß wie ein Delphin, ob der für den Köder auch so einen Stab hatte? Wahrscheinlich, sagt mein Vater. Die Wahrheit kommt also, wenn man einen Körper an den Stromkreis anschließt, aus dem Körper heraus wie ein Wurm. Ja, sagt mein Vater. Essen hält Leib und

Seele zusammen. Ein zäher Kleister, das Essen. Mein Vater sagt, wenn einer hartnäckig schweigen will, müssen wir den Strom so lange aufdrehen, bis sein Fleisch anfängt zu verbrennen. Vorsicht heiß. Strom ist das beste Mittel, um das, was einer weiß, zu seinem Mund herauszutreiben. Aber wenn einer gar nichts weiß? Aber wenn man in einem Zimmer ohne Steckdose ist, geht es auch mit einer Zange oder einem Messer. Zange. Messer. Wenn das Messer scharf genug ist, kann man einem oder einer zum Beispiel die Fußsohlen ringsherum einschneiden und dann die Haut abziehen. Immer, wenn der Körper verletzt wird, kommt ein Stück weit der widerspenstige Geist zum Vorschein. Augen ausreißen, oder abschneiden, was vorsteht, Ohren, Nasen, Hände, Füße, Brustwarzen zerquetschen, den Körper im Ganzen verdrehen, oder einzelne Glieder. Einfach treten geht auch, sagt mein Vater, wenn gerade kein Werkzeug zur Hand ist. Zeigt her eure Füßchen. Wenn einer länger braucht, gibt's zwischendrin Vitamine, Frischwasser, ein Arzt ist immer dabei, und dann geht alles von vorn los. Ein frischer Schmerz in einem frischen Körper. Schlägt der Kahlkopf, nachdem er Vitamine verabreicht hat, seinen steinernen Schädel an den Schädel des Verstockten, bis der birst? Wenn es nötig ist, ja, sagt mein Vater. Den Garaus. Und auf diese Weise kommt die Wahrheit zum Vorschein? Meistens, sagt mein Vater. Aber manche reden nicht einmal dann, sagt mein Vater. Bei denen kannst du den Körper vergessen, da mußt du anders vorgehen. Frau und Mann nebeneinander auf Bänke. Frau und Mann. Und Mann und Frau. Reichen an den Himmel. Dann ein paar von unseren Leuten über die Frau, du weißt schon, du bist ja kein Kind mehr. Die wissen, was man damit beginnt. Oder den Mann zum Schreien bringen, siehe oben, und die Frau ist neben ihm festgebunden, und immer drauf achten, daß sie die Augen auf hat, Augen auf im Straßenverkehr, Sehen, oder umgekehrt, mit den Eltern der Delinquenten geht das auch, wenn einer durch eine dünne Wand zwei Tage lang hört, und Hören, wie im Nebenzimmer. Wie im Nebenzimmer. Seinen Vater schreien hört, wird ihm von der Wahrheit schon übel, und er kotzt sie gern aus. Warte, sage ich. Mit kleinen Kindern ist es noch leichter, sagt mein Vater, ab vierundzwanzig Kilo überstehen die den Strom eine Zeitlang. Hören und Sehen. Da reden die Eltern auf einmal so schnell und so viel, daß man kaum mitschreiben kann. Bis dreiundzwanzig Kilo machen wir es andersherum, da lassen wir die Kinder zusehen, wie es ihren Eltern ergeht. Und der Arzt wiegt vorher die Kinder? Genau, sagt mein Vater, der ist ja immer dabei. Eiapopeia. Meine kleine Schwester, sagt Anna, ist gleich hinaufgelaufen, ins Schlafzimmer unserer Eltern, hat die Luftpistole aus dem Fach genommen, sie sich an den Kopf gehalten und geschossen. Sie hat vorher nicht einmal die Schranktür zugemacht. Vater und Mutter von Anna sind also auf so auf so so einer Kreuzfahrt. Die Liebe arbeitet für uns, sagt mein Vater. Plötzlich knirscht irgendetwas. Meine Großmutter ist die einzige in der Familie, die sich an Schnee. Der Vater deiner Mutter, dein Großvater, den du nicht mehr kennengelernt hast, hat damals auf der anderen Seite der Welt die Kinder, wenn sie klein und leicht genug waren, in die Luft geworfen wie Vögel und dann vor den Augen ihrer Eltern zerschossen. Unter dreiundzwanzig Kilo? Genau, sagt mein Vater. Eiapopeia. Aber solche Aktionen bringen die Sache, um die es geht, nicht im geringsten voran, sagt mein Vater, denn hinterher reden die Eltern erst recht nicht. Ich glaube, die Schneegrenze ist erreicht. Nein, nein, sagt mein Vater, der Phantasie sind keine Grenzen gesetzt, auch bei uns nicht, aber es geht doch immer darum, die Wahrheit zum Vorschein zu bringen. Ich war zum Beispiel dagegen, sagt er, deiner Amme die Hände ihrer Tochter zu schicken, aber letztendlich war das immer noch besser, als die Amme selbst mitzunehmen. Oder. Wahrscheinlich, sage ich. Besser zuerst ein Zeichen gesetzt, damit sie weiß, wo es lang geht. Ja, sage ich. Und es hat schließlich funktioniert, sagt mein Vater, denn die Amme hat dich endlich in Frieden gelassen, ist aber selbst noch am Leben, soweit ich weiß. Ja, sage ich, wir haben sie neulich getroffen. Na also, sagt mein Vater. Eine gesunde Angst kann nie schaden, sagt er. Adrenalin, sagt er, wird, wenn einer Angst hat, von Mutter Natur ausgeschüttet, um die Sinne zu schärfen für das, was einem gut tut. Das klingt schön, sage ich. Was?, fragt mein Vater. Mutter Natur, sage ich. Jaja, sagt mein Vater. Es ist so, wie ich schon immer dachte: Die Fenster an dem Palast, in dem mein Vater für die Ordnung sorgt, tatü, sind nur aufgemalt, in das Gebäude hinein fällt kein einziger Sonnenstrahl, tata, und in den lichtlosen Räumen drängeln sich Gerechtigkeit, Wahrheit und Liebe. Die Sirenen haben sich in Vögel verwandelt und sind längst aufgeflogen. Mein Vater hat buschige Augenbrauen, die im Gegensatz zu dem blonden Haar, das auf seinem Kopf wächst, ganz schwarz sind. Wenn er lächelt, zieht er immer gleichzeitig die Augenbrauen zusammen, so daß er in einem Moment heiter und besorgt aussieht. Jetzt, wo ich verstehe, wie es im Paradies zugeht, bin ich froh, daß mein Vater so oft Dienst hat. Ich weiß jetzt, daß ich keine Angst um ihn haben muß. Wer nicht für uns ist, ist gegen uns, sagt mein Vater, und das deckt sich mit dem, was mir gerade durch den Kopf geht, bevor mir die Augen zufallen, sein Denken deckt mein Denken zu, mit seinen Lippen, die so weich sind wie die einer Frau, gibt mein Vater mir einen Gutnachtkuß. Ich schlafe ein. Das Schlafen ist von jetzt an meine Arbeit.

Das einzige Licht, das in einem der Aufenthaltsräume für das Personal des Palastes flackert, kommt vom Fernsehen. Der Berichterstatter flucht, wünscht, betet und brüllt. Die Männer sehen und hören. Wenn bei der Nordkurve die Totale eingeblendet wird, fällt ein fahler Widerschein auf ihre Gesichter, sie sitzen und rauchen, zischen durch die Zähne, wenn ihr Favorit ins Hintertreffen gerät. Auf den geraden Streckenabschnitten sind die Rennwagen für Zehntelsekunden aus der Nähe zu sehen, bunter und dunkler. Am unteren Bildrand steht jeweils zu lesen, wer fährt, wie schnell, welcher Platz und so weiter. Die Männer, die vor dem Fernseher sitzen, kehren dem schattigeren Teil des Raumes den Rücken, dort liegen am Boden einige zu Paketen geschnürte Wesen, Kapuzen über dem Kopf, Wesen Verwesen und warten darauf, daß ihnen die Wahrheit. Muß man dir jedes Wort aus der Nase ziehen. Das geht auch mit einem einfachen Haken. Sogar mit einem Bügel, wenn gerade nichts andres zur Hand ist. Ich versuche, mich daran zu erinnern, wem oder was wir den Rücken gekehrt haben, wenn wir zum Appell aufgestellt wurden. An der einzigen Seite des Gevierts, wo niemand irgend jemandem oder irgend etwas den Rücken kehrte, stand das Schulgebäude und schloß diese eine Seite ab, aber dort wo wir standen, an allen drei anderen Seiten, hinter unseren Rücken, war ja alles offen, also war alles, was es nur gibt, in unseren Rücken, allem, was es nur gibt, haben wir den Rücken gekehrt, während wir unseren Blick auf den Einmarsch der Fahnendelegation richteten, wie angewiesen.

Und nun, sagt mein Vater, ist die Frage, wohin mit dem Material. Fall A, wenn es noch lebt, sagt er. Haus. Haus. Nach Hause. Nein nein, sagt mein Vater, bei uns geht es immer nur vorwärts. Wie in der Natur, sagt mein Vater. Auf zu neuen Ufern. Da oben fliegt jetzt mein Vater meine Mutter nach Rom nach Rimini nach Hawaii. Ein Arzt war ja immer dabei, sagt er. Und ein Pfarrer natürlich. Schlafend haben wir die Leute in den Himmel entlassen, sagt mein Vater, und der Pfarrer hat für sie gebetet, bevor ihr Körper aufs Wasser aufschlug. Morgen früh, wenn Gott will. Ein Wunder, fern von uns, von Blau zu Blau stürzen die Engel, vom hohen Himmel ins Meer, schlafen, stürzen und halten sich dabei noch an den Händen, meine Mutter und ich stehen unten am Hafen und sehen das Wunder, und viele andere neben uns stehen auch da und zeigen auch auf die Engel und bekreuzigen sich. Natürlich, sagt mein Vater, muß man beachten, daß das warme Wasser an der Oberfläche des Meeres ein ganz anderes Strömungsverhalten aufweist als das kalte am Grund. Wenn man die falsche Stelle erwischt, geht das Material nicht unter, sondern wird irgendwo einem Badenden vor die Füße gespült, und das muß ja nicht sein. Nein, das muß nicht sein. Die wegen ihrer geringen Temperatur schweren arktischen und antarktischen Wassermassen sinken, so sagt mein Vater, beim Zusammentreffen mit wärmeren Strömungen zu Boden und können so, in großen Tiefen strömend, bis zum Äquator vorstoßen. Bis zum Äquator. Genau, sagt mein Vater. Mein Vater kennt sich mit den Strömungen aus. Aber um diesen Effekt auszunutzen, muß ein Driftkörper über dem Plateau des Meerescanyons abgeworfen werden, das in neunhundert oder teilweise in bis zu eintausenddreihundert Meter Tiefe unter dem Meeresspiegel verläuft. Spieglein Spieglein. Wirft man dagegen irgend etwas über dem Schelf ab, zu nahe der Küste, sagt mein Vater, treibt es durch die wärmere Strömung am Ufer entlang und schlägt womöglich ein paar Städte weiter wieder Wurzeln. Und das muß ja nicht sein. Nein, sage ich, das muß nicht sein. Wenn mein Vater lächelt, zieht er nur einen seiner Mundwinkel nach oben, er vertraut einen Teil seines Gesichtes den wärmeren Strömungen an. Wirst du wieder geweckt. Morgen früh, wenn Gott will, wirst du wieder geweckt. Dann lächle auch ich. Dann fallen mir meine Augen zu.

Daß in dem Palast soviel Musik gespielt wird, hätte ich nicht gedacht. Nach draußen steht der Palast ganz still da. Stille ist Gesundheit. Drinnen aber reißen die einen den anderen die Fingernägel heraus, du Biest, tsching, Schlag, Schlag und Schlag, Liebe ist schwerer als Wasser, tanzen, leben bleiben und tsching, der schreit sich die Kehle aus dem Leib, ja, leben bleiben und tsching, Fieber der Nacht, mein Schatz, komm zurück, mit ein bißchen Glück, rein mit dir in die Jauche, tsching, zu viel, zu wenig, zu spät, mein Kind, wir sind im Rennen, ich laß dich nie wieder gehen, und nochmal, wird dir schon schwarz vor den Augen, lieb mich, liebe mich härter, ich spür noch immer die Glut, Hitze, Kälte und Nässe, ich laß dich nie wieder gehen, gibs ihm, wenn du mich verläßt, wird es dir einmal leid tun, du Biest, zusammen schaffen wir es, tsching, tsching und tsching, keiner weiß, wer sie ist, wie sie heißt, los, wir schnitzen ihr eine Blume in die rechte Brust, in die linke, in beide, los, sag, was du siehst, wenn du schwarz siehst, tanzen, tanzen und tanzen, sie ist zu jung, um lose zu sein, bind sie an den Haaren, heißes Kind in der Stadt, komm zurück, mein Kind, ist Schwarz überhaupt eine Farbe, hoch lebe, los, und noch härter, auf ein Bett aus Eisen mit ihr, du, du bringst mir keine Blumen, singst keine Lieder für mich, du redest kein Wort, wenn du eintrittst, spät in der Nacht, eine Nadel ins Fleisch, dicht ans Herz, die flattert, solange es schlägt, eine Wünschelrute fürs Blut, Schlagzeug, er hat das Zeug dazu, schlagen, schlagen, solange das Herz schlägt, wenn ich heimkomme, mein Schatz, setze ich dich in Brand, ich umschlinge dich mit meinen Armen, halte dich fest, tsching, will wissen, wie deine Lippen, will dich überall küssen, Glassplitter in dein Loch, alte Sau, überall, während die Nacht, tanzen, tanzen und tanzen, es ist leicht zu sehen, wann etwas richtig ist oder falsch, Schlag, Schlag und Schlag, Tsching, Schlag, Schlag und Schlag, Tsching, das Zeug aus Blech im Viervierteloder im Dreivierteltakt, ganz egal, jedenfalls immer lauter als der oder die, Liebe ist schwerer als Wasser, aufweichen, den oder die, mit Hitze, Kälte und Nässe, das Fleisch zum Schmelzen bringen, dann kommt der Kern schon zum Vorschein, und den dann zerbeißen, zerstoßen, zermahlen, zu Staub, bleib bei mir, hier bei mir, dicht bei mir, ich will dich, tanzen, tanzen und tanzen, ich will dich, im Schatten tanzen, drei Mann, eine Lady, Tsching, folg mir, du Biest, meine Bürde.

Je nachdem, sagt mein Vater. Bei denen, die über den Schlaf schon hinaus sind, Fall B, geht es auch klassisch, unter den Rasen. Klassisch. Mit Stein oder ohne. N. N. Nur Nicht. Noch Nicht. Nein Nein. Nur Nebel. Nichts Neues. No Name, sagt mein Vater. In nomine patris. Wie heißt du, wo wohnst du. Soundso. Soundsostraße Eins A. Alles eine Frage der Festlegung. Die Namen werden nun einmal von Menschen gemacht und nicht umgekehrt. Sortieren geht natürlich auch, sagt er, nach Größe und Art der Knochen. Die Gruben dann dementsprechend. Aber im Ganzen ist es leichter. Und wenn kein Fußballfeld in der Nähe ist, dann eben in ein Faß mit Beton oder gleich in ein Fundament. Auch das ein Beitrag zum Aufbau unserer Gesellschaft, sagt mein Vater, und sieht in einem Moment heiter und besorgt aus. Ja, sage ich. Du hattest Glück, daß du schon da warst, sagt mein Vater. Und daß ich Dienst hatte. Vater. Mutter. Ball. Auto. Vom ersten Augenblick an, als ich dich sah, sagt er zu mir, habe ich dich geliebt. Glück. Wenn einer für Kinder nichts übrig hat, dem ist das egal, solange auch eine Mutter mit Nachwuchs oder eine Hochschwangere in ein Faß paßt. Aber die Kinder sind unsere Zukunft. Glück. Das wußte ich immer. Und die Zukunft gehört uns, sagt er. Was falsch ist, überlebt nicht. Das Kranke stirbt ab, sagt er, so wie in der Natur. Uns aber gehört die Zukunft, sagt mein Vater. Und die Zukunft sind unsere Kinder. Was falsch ist, überlebt nicht. Das Kranke stirbt ab. Uns aber gehört die Zukunft.

Ein Stummer saß im Berge, mit stummem Kinde im Arme / Stumm hieß der Berg, Stumm hieß das Kind: / der heilige Stumme segne diese Wunde. / Zum Stillen des Blutes.

Um die Frau, die dich geboren hat, mußt du dir keine Sorgen machen, sagt mein Vater. Sie hatte den Kopf voller Scheiße. Das ist ein schmutziges Wort. Und über all ihrer Scheiße, sagt mein Vater, hat sie vergessen, daß sie ein Kind hat. Glück Glück. Wer die Gesetze kennt und sich nicht daran hält, ist selbst schuld, sagt mein Vater. Und Beton, sagt er, ist ja beinahe wie Bernstein, Glück, was da drin steckt, hält sich für immer, für immer, nur durchsichtig ist er nicht, der Beton, und man hängt ihn sich nicht um den Hals, weil er zu schwer ist. Ein Mundwinkel meines Vaters wird in Richtung Äquator geweht.

An die Brüste der Amme kann ich mich gut entsinnen.
Ich habe lange aus ihnen getrunken.
Stille.

Dein Vater war schon vorher durch, sagt mein Vater. Ohne daß ich zu der Zeit schon gewußt hätte, daß er dein Vater ist. Wie der Zufall so spielt. Wie der Zufall in seiner eisernen Stube sitzt und rechnet. Wer schläft, fliegt übrigens schneller nach unten. Der Schlaf macht schwer. Tatsächlich, sagt er. Komisch, oder.

Vater unser. Schöpfer des Himmels und der Erde, der du, angetrieben von deiner unendlichen Vaterliebe, zu uns gesprochen hast durch deinen eigenen Sohn Jesuschristus, um uns durch dein Evangelium den Weg zur wahren Glückseligkeit zu zeigen; dein Sohn hat in seinem Kreuzestod, gestorben aus Liebe zu uns, unsere Sünden auf sich genommen und uns gezeigt, daß all unsere Leiden den Sinn der Erlösung in sich bergen; hat uns mit seiner Auferstehung von den Toten die Gewißheit gegeben, daß alle gestorbenen Gläubigen eines Tages auferstehen werden, Vater, dich bitten wir, die wir uns an die Gestorbene Correa erinnern, gib uns die Gegenwart des Heiligen Geistes, und schenke uns deine Liebe, die uns wohl will.

Wir versprechen dafür, Tag um Tag wie gute Christen zu leben, wir wollen die Gebote Gottes einhalten, unseren Brüdern helfen und sie lieben, mit der gleichen Großzügigkeit und Treue wie unsere unvergessene Gestorbene Correa, in welcher wir wahre Christlichkeit erkannt haben.

Darum bitten wir dich in Christi unseres Herren Namen.

Vom ersten Augenblick an habe ich dich geliebt, sagt er, und streicht mir über das Haar. Vererbt wird nichts, sagt mein Vater. Bên zi bêna. Bluot zi bluoda. Alles Quatsch. Wie ein Kind denkt, ist einzig und allein eine Frage der Erziehung. Sortieren. Lid zi geliden. Deine Unschuld, sagt mein Vater. Schau einmal, sagt die junge Frau, die vom Garten her ins Zimmer getreten ist, und weist mir ihren Arm, innen an der Beuge ihres Ellenbogens sehe ich einen kleinen ovalen Leberfleck. Ich strecke meinen Arm aus. Innen an der Beuge meines Ellenbogens sehe ich einen kleinen ovalen Leberfleck. Du hast noch nichts Falsches gewußt, sagt mein Vater, auf dessen

Schoß ich noch immer sitze, du warst absolut rein. Sortieren. Drei, vier Worte vielleicht. Aber sonst nichts. Und das habe ich an deinen Augen gesehen, sagt er. Deshalb habe ich dich, sagt mein Vater, vom ersten Augenblick an geliebt. Man wird, so heißt es, sagt er, durch eine Mutter geboren, nicht von einer Mutter. Gottlob, sagt er. Du warst noch frei. Sortieren. Vater. Mutter. Ball. Auto. Durch die junge Frau hindurch sehe ich die halb geöffnete Tür, dahinter Blumen und Unkraut. Und hinter Blumen und Unkraut das Meer. Gottlob. Sôse gelîmida sîn.

Der junge Mann ruft mich, er will mit mir Ball spielen, in der Tiefe, zwischen Fischschwärmen und Muscheln. Los, sage ich. Aber gerade, als er den Ball zu mir schießen will, wird sein Schienbein von einer Strömung ergriffen und schaukelt davon, und als er den Ball jetzt mit den Händen zu fassen versucht, verfängt sich die eine Hand in den Algen, und die andere berührt zwar den Ball, kann ihn aber nicht halten, weil die Knöchelchen, jedes für sich, lose sind, das Fleisch ist es, was zur Umklammerung fehlt. Der junge Mann lächelt mir zu, nun bin ich dran, ich schiebe den Ball, der mir von allein langsam zugeschwebt ist, zu ihm hinüber, der Ball stößt sacht mitten ins Lächeln des Mannes, trennt die Kiefer voneinander, trennt leicht auch den Oberkiefer vom Dach des Schädels, in dem die Abdrücke der Adern noch immer zu sehen sind wie ein Muster aus Blumen, trennt so am Ende noch das Lächeln vom Lächeln.

Als sie uns finden, sitze ich noch immer auf dem Schoß meines Vaters. Irgendwann bin ich eingeschlafen. Auf dem Schoß meines Vaters. Sie sind vom Garten hereingekommen, oder vom Meer, um mich von ihm abzupflükken, aber das geht nicht, erst reißen sie an uns herum, aber schließlich sehen sie ein, daß sie ein Messer brauchen, um uns voneinander zu trennen, und da schneiden sie uns an den Armen auseinander, wo wir verwachsen sind, wie sich herausgestellt hat, komisch, oder? Jetzt liegen meine und meines Vaters Sehnen, die Muskeln und all das Blut offen da. Alles ist so, wie mein Vater es vorher gesagt hat: Sie wollen uns voneinander trennen und dann dein Blut in ihren Besitz bringen, hat er gesagt, wollen das Blut dann verschütten, heißt das nicht vergießen, kann auch sein, oder womöglich gleich trinken, hat er gesagt, aber wenn sie uns trennen wollen, haben sie am Ende doch höchstens die Luft zwischen uns in ihren Besitz gebracht, und die Luft ist nicht viel wert, oder? Dennoch, sagt mein Vater, oder fließt mein Blut dann wie ein Rinnsal durch die Trennung hindurch, vergießen und dann wächst irgendwas, keine Ahnung, hat mein Vater gesagt, oder hat er gar nichts gesagt, ich glaube, ich habe mich geirrt, mein Vater hat mich nur lange, sehr lange auf seinem Schoß festgehalten, bis ich endlich in seinen Armen einschlief, und hat gar nichts mehr gesagt, hat nur dagesessen und geschwiegen.

In meinem Blut stehe geschrieben, daß mein Vater nicht mein Vater, meine Mutter nicht meine Mutter und so weiter, sagen sie. Das Holz des Geländers, an dem ich mich festhalte, glänzt so schön dunkel. Poliert von den vielen Händen, die sich schon an ihm festgehalten haben. Ich weiß, sage ich. Mit neunundneunzig Komma fünf Prozent Sicherheit. Jaja, sage ich. Mein Vater und meine Mutter stünden hier vor Gericht, weil sie meinen Vater und meine Mutter meinen Vater und meine Mutter meinen Vater und meine Mutter. Und mich an sich gerissen. Gerissen. Jaja, sage ich, ich weiß. Mein Vater hat mir schon alles erzählt. Mein Name sei nicht. Ja. Und auch meine Geburtstagsgeschenke seien Jahr für Jahr am falschen Tag. Sicher. Sicher. Auf dem fahrbaren Tisch. Oh, wie so trügerisch. Aber irgendein Tag im Jahr wird schon der Tag sein, an dem ich geboren bin, irgendein Tag im Jahr wird schon mein Geburtstag sein. Von den vielen Tagen im Jahr irgendeiner, der schon immer da war. Irgendein Wort von allen wird wohl einmal das letzte sein, Messer vielleicht, oder irgendein anderes, irgendein Wort, das schon immer da war. Sie zeigen mir Fotos. Die junge Frau. Der junge Mann. Sôse gelîmida sîn. Ich sei nun befreit. Gut, sage ich. Befreit von Großmutter, die vormittags trinkt, von verwitweter Tante in einer Gegend des Landes, in der manchmal Schnee fällt, von überfahrenem Onkel, von Großvater, durch dessen Hände Grundstücke wandern, von Großmutter Nummer zwei, die zweierlei Sprachen spricht, von wollener Kappe mit Bommel, Holzfußboden, in den die Tür meines Zimmers beim Öffnen einen Halbkreis schleift, von rosafarbenem Haus, Tabakgeruch, Rose von Jericho, vom Tau im Garten, vom Fahnenappell, und so weiter. Ich bin jetzt beinahe von allem befreit. Ganz am Grunde der hölzernen Spielkiste liegen ein paar Krümel, ein rostiger Schlüsselring, und ein abgebrochener Stift. Was ich jetzt tun wolle, fragen sie mich, nun, da mein Vater und meine Mutter ins Gefängnis müßten und mein Vater und meine Mutter schon lange tot sind. Schlafen, sage ich.

Mit Erde im Mund redet man nicht, sagt sie zu dem jungen Mann und der jungen Frau. Sie hütet das Haus. Sie wartet. Wenn sie ihren Vater im Gefängnis besucht, sagt er: Vergiß nicht, daß uns die Zukunft gehört. Die Steinernen sind zwar gekippt und abtransportiert, aber ihre Wurzeln verzweigen sich unter der ganzen Stadt. Wart's ab, sagt ihr Vater. Die wissen ja nicht einmal, wie das Ausrotten geht, sagt ihr Vater. Dilettanten, sagt er. Ja, sagt sie.

Und ich hab die noch bezahlt, sagt ihr Vater, und spuckt auf den gefliesten Boden vor seinen Füßen. Diesen Satz sagt er immer und spuckt auch jedesmal aus, wenn das Gespräch auf die Aufwartefrau kommt, seit im Zusammenhang mit der vor Gericht das Wort leiblich gefallen ist. Wenn sie jetzt an dem Palast vorübergeht, in dem bis vor kurzem ihr Vater gearbeitet hat, sieht sie, daß viele, die ihren Weg dort entlang nehmen, auch ausspucken. Nur wird die Spucke des Vaters bei der täglichen Reinigung seiner Zelle wieder entfernt, während sie auf der Straße vor dem Palast, in dem ihr Vater gearbeitet hat, eintrocknet und dabei weißliche Flecken hinterläßt, als enthalte die Spucke auch ein klein wenig Salz. Siehst du, sagt ihr Vater, heutzutage kann man niemandem mehr trauen. Nein, sagt sie. Seit die Besucher in ihrem Zimmer ausbleiben, gibt es ja auch nichts mehr zu servieren.

Ihr Vater habe ihr die Wahrheit gesagt, sagt sie zu Anna, als die vor ihrer Tür steht. Sie wisse jetzt alles. So, sagt Anna. Und, sagt sie zu Anna, sie liebe die Wahrheit. Sie liebe die Wahrheit von ganzem Herzen, sagt sie zu Anna. Und Anna, deren Mutter eine Indianerin war, von

Pferden zu Tode getrampelt wurde, sich jetzt aber auf einer Kreuzfahrt befindet, zusammen mit Annas Vater, der von einem tollwütigen Wolf angefallen wurde, jedoch inzwischen wieder gesund ist, während Annas Schwester sich aus Liebe hat erschießen lassen, außerdem der Vulkan, der große Hecht, und wie lange die Kreuzfahrt dauern wird, weiß man noch nicht: Anna nickt und verabschiedet sich.

Du siehst ja, sagt ihr Vater zu ihr, ich könnte genausogut zu Hause auf dem Sofa liegen und lesen. Und lange wird's auch nicht mehr dauern. Bestimmt nicht, sagt sie zu ihm. Von denen sind einfach zu wenige übrig. Und die, die übrig sind, haben noch immer Respekt vor mir, sagt er. Sie nickt.

Sie geht jetzt immer allein durch die Stadt, und die Stadt ist so gut wie leer. Die Ampeln funktionieren, aber es gibt nur wenige Autos, die unterwegs sind, und kaum Passanten. Kein Wunder, sagt ihr Vater zu ihr, die faulenzen in ihren Häusern, die wissen ja nicht, was arbeiten heißt, die schlafen aus, danach machen sie Mittagspause, und dann kommt schon der Dienstschluß. So wird kein Staat gemacht, sagt ihr Vater. Bestimmt nicht, antwortet sie. Die einzige, die ihr auf der Straße regelmäßig begegnet, ist die alte Frau mit den vielen windgebeutelten Tüten. Die raschelt noch immer die Straße entlang und sieht auch noch immer so aus, als koste es sie nicht einmal ein Lächeln, sich in die Lüfte zu erheben, deswegen vergeudet sie wie bei der ersten Begegnung ihr Lächeln rückwärts über die Schulter. Die Alte war schon damals, als sie ihr mit der Amme zusammen begegnete, alt, und ist es noch immer. Wenn einer versuchen würde, in eine der Tüten zu stechen, würde er damit nichts besser machen und auch nichts schlechter.

Wie schwer es denen gefallen sei, die Steinernen von den Sockeln zu kippen. Weil der Stein nur aufgesetzt war, die Innereien aber allesamt aus Beton gemacht waren, Knochen wie Nieren, und der Beton viel härter war als der Granit. Daran haben die sich die Zähne ausgebissen, sagt sie. Gut so, sagt ihr Vater. Sie mußten alles, was aus Beton war, im Ganzen abtransportieren. Siehst du, sagt ihr Vater. Sie hätte Lust, sagt sie zu ihrem Vater, mit Grundstücken zu handeln. Erde mit Luft drüber zu verkaufen. Gut, sagt ihr Vater. Davon kann man leben.

Die Markthalle hat wieder geöffnet, aber nur mit wenigen Ständen. Der Rolladen des Schuhmachers wurde eines Tages wieder hinaufgezogen, die große Maschine weggeschafft. Ein Friseur übernahm das nach Maschinenöl riechende, schattige Geschäft und begann, unter der noch immer angeschriebenen Überschrift »Schuh- und Schlüsseldienste« mal den einen, mal den anderen Kunden zu frisieren. Die meiste Zeit aber stand er im Türrahmen und wartete auf Kunden. Inzwischen hat der Laden, noch immer unter der Überschrift »Schuh- und Schlüsseldienste«, wieder geschlossen. Als die erste Eisenbahnlinie wieder in Betrieb genommen werden sollte, waren alle Kinder des Landes aufgefordert worden, auf der gesamten Strecke das Gras zwischen den Schienen auszureißen. Pro gejätetem Schienenmeter wurden Punkte vergeben, und das Mädchen, das am meisten Punkte gesammelt hatte, kam mitsamt ihrem Silberblick in die Zeitung. Bei der Jungfernfahrt auf dieser ersten sauber gejäteten Strecke fuhr der Zug girlandengeschmückt auf eine Bombe und wurde zusammen mit Zugführer, Belegschaft und Ehrengästen in die Luft gejagt. Daraufhin setzte man den Beginn des Eisenbahnbetriebs zunächst wieder aus. Hab ich gelesen, sagt ihr Vater. Seit einigen Tagen bekäme er hier sogar die Zeitung. Stell dir mal vor, sagt er.

Die Unterschrift, mit der sie bestätigt hat, daß das Haus samt Mobiliar nun ihr gehört, ist ein Zwitter. Der Vorname, den ihre Eltern ihr bei der Geburt gegeben haben, gepaart mit dem Nachnamen ihrer Eltern. In ihrem Namen treffen sich so alle möglichen Leute, wie auch in allen anderen Wörtern der Sprache, oder im Geld, das ja durch viele Hände geht, von denen die einen die anderen womöglich, wenn es drauf ankommt, abschneiden und verpacken. Haus und Mobiliar sollten ein Ausgleich sein, hatte man ihr gesagt. Für das, was ihr widerfahren. Sie verkauft nur das Klavier. Das Zimmer ihres Vaters riecht noch immer nach Tabak, obgleich seit einiger Zeit niemand mehr dort geraucht hat. Er bekäme hier sogar Tabak, sagt ihr Vater. Wie im Hotel, sagt er. Wart nur, sagt er, lang wird's nicht mehr dauern. Nein, sagt sie, bestimmt nicht. Sie hütet indessen das Haus und alles, was drin steht: die Schränke, Spiegel, Vertikos, Kronleuchter und gotischen Bänke.

Draußen wird jetzt immer wieder einmal irgendwas in die Luft gesprengt: Arme, Beine, Bäuche und Köpfe von Leuten, die an Bushaltestellen gewartet oder an einem Amt Schlange gestanden haben oder einfach spaziert sind. So geht das nicht lange weiter, sagt ihr Vater, wirst sehen, das Land braucht wieder Ordnung.

Der junge Mann und die junge Frau sind jetzt nur noch aus Papier. Von Zeit zu Zeit lächeln sie auf immer dieselbe Weise in der einen oder der anderen Zeitung vor sich hin. Wenn einer oder eine inzwischen abhanden gekommen sind, ist der Vorrat an Bildern nun einmal nach hinten begrenzt. Die junge Frau, die sie geboren hat, sieht auf den Bildern schon jetzt aus wie ihre Schwester, und der junge Mann, der sie gezeugt hat, als sei er ihr Bruder. Was nicht ist, kann ja noch werden. Irgendwann wird die junge Frau, die sie geboren hat, aussehen wie ihre Tochter, und der junge Mann, der sie gezeugt hat, so aussehen wie ihr Sohn. Sie kann mit der Zeitung die Fenster trockenpolieren, oder sie falten und unter ein Tischbein schieben, das wackelt, sie kann auch, wenn sie Gemüse putzt, die Zeitung unterlegen und am Ende die Schalen der Zwiebeln, Mohrrüben, Kartoffeln darin einschlagen und das weiche, runde Paket in die Mülltonne stecken.

Wenn ihr Vater sie bei den Besuchen, bei denen sie von ihm durch eine Glasscheibe getrennt ist, fragt, ob sie nicht auch einmal ihre Mutter besuchen wolle, sagt sie: Jaja. Veränderung ist gut und schön, sagt ihr Vater. Aber irgendwann einmal muß man ein Fundament haben, auf das man aufbaut. Kritik üben doch meistens die Leute, sagt ihr Vater, die selbst nicht arbeiten wollen. Es ist leicht zu sagen, was falsch ist, sagt ihr Vater, wenn man nicht zu denen gehört, die die Verantwortung tragen. Zersetzen sei immer leichter als aufbauen, sagt ihr Vater.

Ein Körper bestehe ja hauptsächlich aus Kohlenwasserstoffen, und werde, wenn man ihn ganz normal in die Erde legt, von Würmern und Asseln zersetzt, aber man könne ihn auch, wenn man wisse, wie das gehe, umwandeln in einen Diamanten. In etwas, das bleibt. Und das sei doch um vieles interessanter, oder, fragt ihr Vater. Ja, sagt sie, das sei es.

Würmer und Asseln.

Nach drei Jahren kommt ihre Mutter nach Haus und brät nun wieder abends nebenan in der Küche Fisch, Fleisch oder Gemüse, wäscht Salat, rührt und schneidet, während sie selbst am Tisch im Wohnzimmer sitzt und Verträge ausfertigt oder telefoniert. In den Zeitungen, in die ihre Mutter nach dem Gemüseputzen die Schalen einwickelt, lächeln inzwischen längst neue, unbekannte Gesichter. Die Zeit geht weiter, sagt ihr Vater zu ihr, wenn sie ihn, wie jeden Freitag, im Gefängnis besucht. Jeden Sonnabendvormittag putzt sie zusammen mit ihrer Mutter das Haus von oben bis unten. Eine Fremde käme ihr nicht noch einmal über die Schwelle, sagt die Mutter. Nein, gibt sie zur Antwort. Wenn ihre Mutter ihr vorschlägt, doch endlich einmal zu der Frau mitzugehen, die wisse, was man mit Händen, Füßen und Gesichtern beginne, damit sie sich jung erhielten, dann möchte sie sehen, wie ihre Mutter die Treppe herunterfällt, zum Fenster hinausstürzt oder sich beim Brotschneiden aus Versehen ersticht. Zwei Jahre später kommt auch der Vater wieder nach Haus.